荳蔻年華

黃詩倩 著

HUANG,
SHIH-CHIEN

【序言】值得一讀的善良
──推薦《荳蔻年華》出版的理由

杜鴻[*]

就像作者的媽媽所說的：「誰能想到──這《荳蔻年華》裡的文章──竟是一個不到十四歲孩子所寫的！」我最初看到黃詩倩的文章，也不大相信，它們出自一個十歲到十四歲孩子之手，我是逐篇讀了，才連連稱道的！

目前在中國大陸，獨生子女多，大多數獨生子女都有些自私，哪能像黃詩倩這樣，那麼愛她的爸爸媽媽，愛她的爺爺奶奶，愛她的親戚朋友和同學老師呢？你讀了全文還知道，這個小女孩的愛不僅惠及親人朋友，還惠及動物和植物，她愛大地山川河流，愛百花盛開的春天，愛大雨傾盆的夏天，愛碩果纍纍的秋天。她用自己飽蘸激情的筆，把自己對天地萬物的愛表達得淋漓盡致。你讀了《荳蔻年華》第一集，你定會有如沐春風的感覺。她對媽媽疾病的關心，她對生病妹妹的呵護，她對已經去世的爺

---

[*] 杜鴻──中國作家協會會員，湖北省宜昌市文聯秘書長，出版和發表長中短篇小說和散文二百多萬字，在文學界和網路文學界有深遠影響，被譽為「21世紀新生代代表作家之一」。

爺的追思，她對家鄉彰化的迷戀，還有對臺灣的深情描述，都無不讓人感動！我心裡想，這樣的孩子長大後，真該去當親善大使，她有一顆熾熱的愛心，她一定會把她的愛，傳播給那些受苦受難的人們。

毫無疑問，小作者非常熱愛大自然，她把自己對大自然的熱愛惠及世界各地。當然，目前她遊歷的國家還不多，但是，從她不多的旅遊日記裡，我們已經讀到她對異國風景的熱愛。小女孩睜著一雙好奇的眼睛，去欣賞馬爾地夫澄淨的海水，她熱愛馬爾地夫潔淨的海灘，還有高大圍牆和茂密樹枝遮蔽起來的露天浴室，當然還有她感到新奇的水上飛機。在紐西蘭遊學期間，她感受到異國家庭的溫馨和諧，在韓國青瓦臺前的草坪上，她期待與韓國總統朴槿惠握手擁抱，在濟州島的泰迪熊博物館，她開心地跟泰迪熊合影留念，而在江蘇如皋，她和她的小夥伴一起，興致勃勃地在DIY甜品店裡大顯身手做餅乾，這些，都是她對生活的滿腔熱愛呀！

最後，我要說說她對生活的思考。一個十二三歲孩子的思考，你當然不能求全責備。作者第三部分的文章，雖然不免有點成人化，但是我依然喜歡那些思考的文字。小小的年紀，她總能從平凡的生活現象中看到常人看不到的東西。比如，成績考差了，她總能從挫折中奮起，比如對一種髮型，一件新衣服，她能悟出要相信自己眼光的道理，她還能就歷史和歷史人物做出合理的評價和評判。這些，都不該是一個十二三歲孩子的思想。但是，我確信，小作者並不是無病呻吟，她一直在思考，簡直就像是一個思想家！

當我連貫性地讀完本書的最後一篇文章，我突然覺得，黃

詩情的愛心，並不是從空穴裡吹來的涼風，你從〈美麗的紅樹林〉裡能感悟到，你從她基督徒的堂哥和叔叔那裡也可以感受到，原來，她的博愛是有根源的，她生活在一個博愛的大家庭裡。於是我便有了一種衝動，我要強烈地向廣大讀者朋友推薦這個小女孩的《荳蔻年華》，它很值得一讀，尤其當你也有一顆善良的心的時候，你要是不讀一讀這本書，對你來說，一定是個巨大的損失！

目次
Contents

【序言】值得一讀的善良
　　　──推薦《荳蔻年華》出版的理由／杜鴻　　003

一　博愛的意義

子欲養在親待時　　　　　　　　012

愛的意義　　　　　　　　　　　017

泡湯的生日計劃　　　　　　　　020

有愛，生活才充實　　　　　　　022

爺爺的葬禮　　　　　　　　　　024

清明節的思念　　　　　　　　　028

擁抱美麗的春天　　　　　　　　030

大雨的洗禮　　　　　　　　　　033

迷人的秋天　　　　　　　　　　035

彰化，原生態的美麗家鄉　　　　037

繞村一圈有風景　　　　　　　　039

小琉球和宜蘭遊　　　　　　　　041

臺灣的美景和美食　　　　　　　044

臺北之行（一）　　　　　　　　　　　　　　　　047

臺北之行（二）　　　　　　　　　　　　　　　　053

臺北之行（三）　　　　　　　　　　　　　　　　062

依依惜別遊子情──寫在去美國留學的前夜　　　070

二　快樂的旅行

有趣的馬爾地夫之旅　　　　　　　　　　　　　　080

紐西蘭遊學之旅　　　　　　　　　　　　　　　　087

「三八線」和青瓦臺──韓國之旅（一）　　　　　091

濟州島有趣的見聞──韓國之旅（二）　　　　　　094

濟州島上的泰迪熊博物館──韓國之旅（三）　　　096

奢華的沈家──江蘇之旅（一）　　　　　　　　　098

如皋水繪園和小龍蝦──江蘇之旅（二）　　　　　102

燒烤吃出來的友誼──江蘇之旅（三）　　　　　　106

DIY甜品店大顯身手──江蘇之旅（四）　　　　　109

初到大上海──大上海見聞（一）　　　　　　　　114

城隍廟該死的「蟹肉」包──大上海見聞（二）　　117

上海街頭受驚嚇──大上海見聞（三） 120

酷斃亂真的蠟像──大上海見聞（四） 123

險些滯留在上海灘──大上海見聞（五） 125

飛機上認識的法國朋友 128

三 心靈的火花

美麗的紅樹林 132

人生的感悟 134

我當上「校長小助理」 136

游泳的快樂 139

啊，小馬蜂！ 141

從挫折中奮起 143

蒼勁的松樹 147

爬上山頂的喜悅 149

歷史是一面最好的鏡子 151

做一個普通的人 153

可憐天下父母心 155

我的網路觀　　　　　　　　　　　162

相信自己的眼光　　　　　　　　　164

我是個不虔誠的基督徒　　　　　　168

要學會尊重別人　　　　　　　　　175

關於「公平」的思考　　　　　　　179

關於「對」與「錯」的思考　　　　183

簡單樸實的生活　　　　　　　　　187

無情的時間　　　　　　　　　　　189

Friendship　　　　　　　　　　　192

【附】Friendship譯文　　　　　　195

【跋】愛的翅膀／胡祖義　　　　　197

一、博愛的意義

　　根據著名語言大師呂淑湘先生編著的《現代漢語詞典》上的解釋，「博愛」，是對全人類的廣泛的愛。我理解的博愛豈止是全人類？難道我們不該愛護人類以外的其他動物和植物嗎？我們不該愛護美麗的大地山川和河流嗎？我們不該愛湛藍的天空和潔白的流雲嗎？

　　我的愛，也許還沒有這麼廣泛，但是，我心裡明鏡似的，我非常非常地愛我的爸爸媽媽，愛我的親戚朋友和鄰居，我愛老師和同學；我愛我的家鄉臺灣彰化，我愛大自然！於是，我把滿腔的熱情傾注到筆端，通過下面這些文章，表達出我真摯的愛——

子欲養在親待時

　　2013年的暑假真難熬，對我來說，簡直是一場噩夢。

　　媽媽每年都會做定期的身體檢查，這次也不例外。這次的檢查報告上顯示：媽媽的左胸上長了一個不明物體，因為那個物體太小了，圖片很模糊，醫生不敢輕易下結論，建議她做進一步的檢查。

　　媽媽一向是個心直口快的人，尤其是在我和妹妹面前，從不掩飾，她就把這件事告訴給我。我聽到這個壞消息，心裡像是被重錘砸了一下似的，都快急哭了。我們家從來沒有人得過大病，平時只在電視劇中看到一些情節，心裡也沒有什麼大的感觸，因為那不是發生在我身邊的事情，我不能體會到那種痛苦。現在媽媽生病了，我根本無法對她生氣，只會心疼她，不捨得讓她做任何事情，還隨時做好萬全的心理準備。剛開始，我不能確定那是個腫瘤，嘗試著不讓自己往壞處想，盡量樂觀一點。

　　從小，我跟媽媽的感情就很好，我們就像一對知心朋友，什麼心事或秘密，我們都會直接跟對方說。媽媽耐心地教導我，培養我，教會我許多為人處事的人生道理，她在我的心中占據著相當重要的位置，所以，要讓我離開她是不可能的事，我從來也沒去想過。雖然我知道，人都有生有死，只是沒想到這一天竟然

來得那麼快，而且這時，我才13歲，我還需要媽媽的關懷，需要母愛的溫暖陪伴我成長。

我不知道，是應該催促媽媽去做進一步的檢查，還是阻止她，我生怕結果不是我想要的。但我也不能在那兒憑空瞎想，根據沒有依據的判斷，給自己增加心理負擔，這是一種很笨的方法，我還是在自己心裡保留了一線希望。

為了早點確定病情，媽媽又去做了進一步的檢查。兩個星期後，檢查報告出來了，我陪著媽媽去醫院。當醫生即將說出結果時，你們絕對想像不到，我那時的心情是多麼的忐忑，我甚至比媽媽還緊張，真想捂住自己的耳朵。

事實真的太無情，媽媽身上那個不明物體被判定是一個小腫瘤！聽到這個結論，我整個人像要暈了過去似的，好害怕。不過醫生又說了一句話，讓我燃起一點希望，他說：「由於這個腫瘤太小，才剛形成，不能準確無誤地判斷它是良性還是惡性，所以我建議，再做個切片，以便最後確診。」

我根本就不相信媽媽會得惡性腫瘤。為什麼我會那麼自信呢？因為我相信神的力量。媽媽這半輩子雖然算不上轟轟烈烈，但是過得很有意義。她是一個善良的人，見到有難的人，就會積極地去幫助。像汶川地震時，她就帶著我們一起去捐了錢。雖然我們捐出的數目沒法與那些富豪比，但是我們對受難同胞的關懷一點也不比富豪們少。

前幾年，媽媽還讓我給一個孤兒院捐了一架鋼琴。這架鋼琴與我們朝夕相伴了十幾年，音質受了些損壞，媽媽決定去買架新的，可舊的放在哪裡呢？當時，她有個朋友，想用7000塊錢買下這個「古董」。照理說，這個價錢不錯。正當媽媽準備賣的時

候，她突然想起我上次去公益表演的那個孤兒院，於是，她很快改變決定，讓我把鋼琴捐給孤兒院。

　　對於媽媽的做法，我很贊同。7000塊錢沒了，我們付出了愛，那是多麼令人驕傲的事情。所以說，像媽媽這麼善良的人，老天怎麼會忍心殘酷地對待她呢？儘管這樣，我心裡還是提心吊膽的。每次出門，只要媽媽不在身邊，心裡的那份掛念就怎麼也丟不掉，跟朋友們玩樂時，總是心不在焉。那段時間，我的心常常一片空白，我每天都為媽媽禱告，時時刻刻地擔心掛念。

　　有一天，媽媽在臥室裡睡午覺，我和妹妹在樓下玩，我們的臉上沒有一絲笑容。突然間，我不玩了，直奔樓上，輕輕地打開門，探頭進去，窗簾緊閉著，整個房間陰沉沉的。我看著媽媽睡覺的背影，心裡有一種說不出的悲傷，一霎時，眼淚在我的眼眶裡直打轉，那種莫名的恐懼與不安讓我好想大哭一場。不久前，我外婆說要睡覺，竟安然地走了，我怕媽媽也會這樣突然離去。

　　我走上前去，把手放在媽媽的鼻子底下。還好，媽媽還有呼吸，我心裡總算鬆了一口氣。如果有讀者認為我這樣的舉動很傻，那是因為你沒有經歷過這樣的事情。在我看來，人過世了，最傷心的就是他的親人。人走了，帶不走任何東西，甚至是情感，合上雙眼便得永生，只把悲傷與痛苦留給活著的人，使活著的人不得不用時間來治療傷痛，慢慢地習慣一切。我第一次對「死亡」有了新的領悟，也感覺到了它的可怕。

　　自從媽媽身體上長了那個小腫瘤，為了不讓她擔心，也為了不讓她看出我的悲傷，每天，我都會默默地花些時間來陪她。

一天傍晚，我們出去散步，一邊走路，一邊聊天，就像一對姐妹。我跟媽媽慎重地談到死亡的話題，才發現原來媽媽是在裝堅強，她的內心裡同樣很沒有安全感。我一直強忍著心中那股湧動的淚水，好心疼她！但是，人活在這世上就要樂觀、積極，快樂地去經營每一天，不管什麼大事，都不能影響到你的心情。身體出現問題、破產、欠債，在大庭廣眾之下出醜，這些都是老天為你安排的命運。你要相信他，也要相信自己，更要相信沒有什麼事是靠人類智慧解決不了的。在你的人生之路上，如果它一直很平坦，那是很沒意思的。但是如果有個不起眼的小石子，在你不注意時把你絆一跤，這個時候，你該怎麼做呢？是坐在地上哭，等著別人來拉你一把，還是堅強地站起來，為欣賞風景而繼續沿著這條坎坷的路走下去？要相信老天是博愛的，對大家都是公平的，時不時來點小打擊，只是為了讓我們的人生變得更精彩。你如果想要得到這些「精彩」，唯一要做的便是努力克服困難。摔跤了，忍痛爬起來，永遠相信前面還會有更美的風景等著你，更重要的事情等著你去做。

　　那一天，媽媽跟我達成共識，答應再去做一次檢查，不管結果好壞，都要努力去面對。兩個星期後，檢驗報告顯示，媽媽的腫瘤是良性的！你一定無法想像到，我當時是多麼地開心，不，用「開心」根本不足以形容我當時的心情，那是一種發自內心的欣喜，興奮到連呼吸都有點兒困難了呢。不久，為了防止良性腫瘤轉變成惡性腫瘤，媽媽還是把它切除了。

　　媽媽的腫瘤事件看起來像個大烏龍。也因為這件事，我深刻地認識到生命的短暫。我很幸運，我是一個有家的人，我的家庭很幸福。但是我知道，就算我與媽媽的感情再好，總有一天，

時間終將無情地把她從我身邊帶走，那時的我應該會崩潰吧。與其那時候崩潰，不如從現在開始，把握好眼前，與親人培養感情。那些常年在外的人，千萬不要等到父母離世後才知道後悔，這就是人們常說的「子欲養而親不待」吧。到那時，你會欲哭無淚！

　　子曰：「逝者如斯夫，不舍晝夜。」時間是不等人的啊，只能看我們如何正確地把握它了。

愛的意義

那天回家後，我舒舒服服地躺在沙發上，忽然，媽媽的手機滴滴地響起來。我拿過來一看，上面有這樣一條短信：「張姐，感謝您一直以來對我們的關照，社會是如此的現實，您卻對我們這樣好，善良的人，上天會眷顧的……」這是樓下管理員發過來的。

我感到很奇怪：媽媽關心、照顧他們什麼了？他們為什麼要這樣感謝媽媽呢？

「媽媽，你看，這是什麼？」我把手機遞給她。

媽媽看了一眼，淡淡地說：「沒什麼，我只是幫了他們一點小忙而已！」說完，她就去忙自己的事了。我知道從媽媽嘴裡問不出什麼，便直接去問樓下的管理員。

一位叔叔說：「我們離開家鄉，跑到這麼遠的地方來打工，生病也只能挺著、忍著。那天我生病了，又不方便去醫院，恰好你媽媽回來了，她看我不舒服的樣子，就問我怎麼了，要不要去看醫生？我不好意思麻煩她，就說：『不用了。』你媽媽卻說不行，要送我上醫院。從醫院回來後，我感覺好多了，可是你媽媽仍然不放心，還煲了雞湯，做了麵條給我送下來……」

另一個管理員這麼說：「你媽媽知道我是北方人，喜歡吃麵食，食堂都吃膩了，只要她做了餅或者麵，一定會端下來給我

吃！」

「你媽媽沒有架子，從生活上給了我們很多的幫助！」

還有一個管理員說道，「遇到你媽媽真好！現在，我們都親切地叫她張姐呢！」

原來媽媽「背」著我做了這麼多的好事，真想不到。我興沖沖地跑回家跟媽媽講，媽媽連忙說：「沒必要去問，幫助有需要的人，是每個人都應該做的，讓他人在異鄉感受到愛與關心，也是一種快樂……」

我思考著媽媽的話，彷彿悟出了些什麼：對人，不能有貧富貴賤之分，也不能根據職業的不同來區別對待。人人都是平等的，只是因為從事的工作不同而已。世界上的工作種類那麼多，全都因為人們有不同的需要。每個職業都很重要，無論做什麼，都是不可缺少的。所以我認為，以一個人從事的工作來衡量他的價值，是一種很膚淺的做法。

生活中的誤會，其實很多是因為人們太過相信自己眼睛，在草率地下定論前，沒有問過自己最真誠的心，也沒有試著站在別人的立場上換位思考，更沒有試著去了解他。人與人之間如果沒有了「信任」，那還有什麼意義？「信任」與「被信任」的關聯是人們之間的交流。你感覺很美妙，覺得得到了別人的認可，被社會所認同，你就有信心積極地融入到社會中去。

我們都要心存善念。這不僅是我們身心的「解脫」，你幫助了別人，也許有一天自己陷入困境時，也會遇到幫助你的人。我們要始終抱著一種信念：人在做，天在看……

愛是無邊際的，始終保持著它柔和的溫度，在嚴寒的冬季磨出一絲火花；愛是無形的，無法衡量它究竟有多深，只是悄悄

地傳達著我們真誠的心意；愛是平等的，只要你去愛別人，哪怕一點微不足道的關心，別人都會銘記在心，他們也會用你愛他們的方式去愛你，愛別人，這本來就是對愛的感激和回報。

人一生真正取之不盡用之不竭的財富就是「愛」，仔細品味這個字，它的含義雋永綿長，讓人回味無窮。只有當你敞開心扉去體驗它，才會有「愛」與「被愛」的感覺。

泡湯的生日計劃

　　10月3日，是妹妹的生日，大家都說：「黃詩媛，妳真會挑，挑了個國慶節過生日，大家都陪著妳，妳可以大玩特玩嘍！」

　　媽媽為妹妹的生日做了許多計劃，比如：全家人去海邊游泳，請同學來家裡開Party，帶我們去歡樂谷玩……每一個項目，都很令人神往。我和妹妹早就盼著這一天的到來，妹妹天天叨念著：我的生日快到了，我的生日快到了，我要玩個夠！

　　盼望著，盼望著，國慶節就快到來了，我和妹妹的心情也一天比一天激動。放假的前一天晚上，妹妹居然夢到過生日，在夢裡笑醒了，真好笑。

　　節前最後一節課，老師在講臺上講得正投入呢，突然，窗外閃過一個熟悉的身影，咿——這個人怎麼那麼像媽媽？「不可能吧！」我心裡想。可是，那真的是媽媽，沒錯！原來，媽媽接到老師打去的電話——妹妹得了「紅眼病」！我可以想像到媽媽聽完電話的情景：她驚慌失措地拿起車鑰匙，衝到門外，打開車門，坐上去，迅速地發動車子，急匆匆地趕往學校，我不知道，來學校的路上，媽媽有沒有闖過紅燈……

　　我和妹妹趕緊收拾書包，跟媽媽回家。我們先帶著妹妹去看醫生，醫生給妹妹開了很多藥，有吃的，也有滴的。為了防止感染，妹妹被「隔離」起來了，媽媽讓她躺在蹦床上，除了上洗

手間，不許從蹦床上下來，要是碰家裡的東西，也得戴上一次性的塑膠手套。

呵，可憐的孩子！

妹妹整天躺在蹦床上，紅腫著眼睛，啥也幹不了。她說：「我要吃薯片。」

媽媽說：「不行！」

妹妹說：「我要看電視。」

媽媽說：「不行！」

妹妹說：「我要玩手機。」

媽媽還是那句話：「不行！」

……現在，她正躺在她的專屬「領地」裡，自言自語地說：「唉，我是世界上最倒楣的人哦！」看來，她的生日計劃也要泡湯了！

妹妹躺在床上一個勁兒地叨念：哎呀！我的海邊之旅，我的熱鬧Party，我的歡樂谷……

真是計劃趕不上變化！

我現在成了妹妹隨叫隨到的服務員！妹妹說：「渴！」我就給她倒水；妹妹說：「無聊！」我就給她講故事；妹妹說：「難受！」我就安慰她，可是，我不敢觸摸她……

大好的假期，我也得陪著「坐牢」，真可憐！只盼著醫生的「神藥」，讓妹妹快點好起來！老天爺，讓她在節日結束之前好起來吧！

有愛，生活才充實

　　放了寒假，離開了同學們，我變得無聊透頂。回到臺灣後，由於不方便與同學聯繫，日子更加難熬，直到有一天，我去叔叔家玩……

　　玩了一會兒，他們一家人要去教會，問我要不要去。我想，既然在家那麼無聊，就去吧。

　　一走進教堂，基督徒們紛紛出來熱情地歡迎我，我迅速感受到一股春天般的溫暖，剛剛還在車上煩惱著：進去後，會不會因為生疏而尷尬。現在看到這個場景，我心中的不安立刻平息了。忽然，有位叔叔對我說：「我們這裡可是非常歡迎基督徒的，只要是信奉耶穌的，不管來自哪裡，我們都會熱情迎接！」聽了這句話，我心裡更是暢快起來，我對他笑了笑。這時候，基督徒們陸續走過來，跟我這個小客人打招呼，我也非常高興地跟他們成為朋友！

　　一個小時過去了，兩個小時過去了，牧師的話一直縈繞在我耳邊，我瞬間覺得生活充滿了意義與無窮的快樂。牧師說：「我們教會的小朋友應該學會愛，不僅愛自己，愛家人，更要學會愛他人，金錢、名利、富貴並不能代表一切，只有愛，我們的生活才是充實的……」

　　從教會回到家，我看到奶奶正要出去，就問：「您出去幹

什麼？」

奶奶回答：「散步。」

我說：「我陪你吧。」

一路上，我一邊聽奶奶講她說過好多遍的陳年舊事，一邊不時把奶奶逗笑，整個下午，我們度過一個美好的時光，不僅我快樂，奶奶也高興。

散步回來，我看到菲傭剛拖完地，又拿著桶準備給媽媽洗車，我想，也差不多要做晚餐了，連忙對菲傭說：「你去做飯吧，我來洗車。」

我立馬就動手了。我認真地擦洗著車子，這是我第一次洗車，耗了一個多鐘頭，但我樂在其中，不僅我自己運動了，還替菲傭省了些事兒，我感到很有成就感。

後來的日子裡，我變得更加樂於助人了，不只在自己家裡，還涉及到許多外人。

僅僅一次的教會洗禮，就讓我改變那麼大，可見愛的魅力是多麼強大！現在，我早就不像以前那麼感到空虛了，生活過得十分充實，我在助人，我也樂在其中。

爺爺的葬禮

　　剛從臺灣回到大陸，沒料到，一個電話又把我們「拉」了回去——因為爺爺過世了。

　　臺灣長輩往往有很多習俗。因為沒有見到爺爺的最後一面，我們在門口下了車，伯母就叫我們跪下，一直膝行著走進大門。大門內擺放著一個巨大的冰櫃，上面是透明的玻璃，爺爺靜靜地躺在裡面。剛開始我不敢看，不過，想到他是我的親人，便大膽地走上前：爺爺像是安詳地睡著了。那一刻，我震驚了，從來沒有想過會有親人離開我們，我有些不敢相信眼前看到的一切。

　　我們一家都信奉基督教，所以，爺爺的葬禮由教會來操辦，教會辦得非常隆重。他們在我們家的花園裡布置了一個莊嚴的靈堂，四周圍著白色的紗幔，靈柩前放著爺爺最喜歡的香水百合和紫色的蘭花，兩邊放著許多祭品，有爺爺的生前親朋好友送的，也有爸爸和叔叔伯伯的朋友送來的，這些祭品堆成一座座方塔；靈柩的正前方是牧師的講臺，後面掛著一個紅色的十字架，還有一張慈祥老人的照片——那位老人正是我的爺爺！

　　每天晚上，家中的男丁必須輪流著守靈。那一天，爸爸回到房間，我發現他的鬍子有點長，就問他為什麼不刮？爸爸說：「人在服喪期間，是不能剪指甲、刮鬍子、剪頭髮的。」聽爸爸

這麼說，我不由得把手中的指甲剪放了下來。

出殯的前一天晚上，一些人把爺爺的大體請出來退冰，眼看著爺爺就要入殮，我的心越發悲傷。

第二天一早，棺材被抬進客廳，放在爺爺躺著的冰櫃旁邊。棺材是爸爸他們幾個兄弟親自去選的，非常的厚重，表面塗了一層油漆，兩邊各印有一個紅色的十字架，顯得很高貴！接著化妝師也來了，在化妝的過程中，我才不得不承認爺爺過世的事實：哦，我不是在做夢！淚水不禁模糊了我的眼睛。

化完妝，入殮禮緊接著開始了。在牧師的主持下，爺爺的大體被放入棺材，我的眼淚又湧出來了，我無法控制，大家也都沒法停止流淚。在蓋棺前，我們這些黃家的孝子賢孫圍著爺爺的棺木繞了一圈，仔細瞻仰爺爺的遺容，因為走完這一圈，我們就再也見不到爺爺了！

化了妝的爺爺依然那樣安詳地躺著，我知道，他的靈魂已經回歸天國了，爺爺這輩子也蓋棺定論了。這時，爺爺的臉越變越暗，最後完全看不見時，大家一齊失聲痛哭。雜役在往棺材上釘釘子，每一下，都像重重地敲打在我的心上。儘管我們流了許多眼淚，也無法撫平心底隱隱作疼的傷口。

下午兩點開追思會，親朋好友都來了。牧師講聖經，唱詩班的師姐妹們引導著大家唱聖經裡的歌曲，讓我們明白爺爺是解脫塵世去天國了，我們應該為他高興，應調整自己的心態，不該那麼悲傷。

追思會結束後，安葬禮開始了。長子長孫走在送葬隊伍的最前邊，捧著爺爺的遺像，後面跟著舉著十字架的孫輩，抬棺木的緊緊跟著，爺爺的四個兒子隨行扶棺，棺木後面是我們這些直

系晚輩，最後才是親朋好友。這支送葬的隊伍浩浩蕩蕩。走過一段路程後，他們把爺爺的靈柩放入靈車，接著，我們黃氏家族的所有成員轉身向那些送葬的親朋好友們下跪，再深鞠一躬，表達對他們的感恩。

之後，我們陸續坐上車子向墓地開去，爺爺的四個兒子則坐到靈車上。奶奶沒有跟來，這是臺灣的習俗，夫妻一方過世了，另一方是不能跟著去墓地的。

到了墓地，放棺木的墓穴已經挖好了。下午五點十五分，吊車啟動了，它將爺爺的棺木放入墓穴，之後是風水師和他的助手一起調整位置。棺木在墓穴裡安置好了，先由爺爺的四個兒媳婦輪流用喪禮服捧一撮土，將它撒到棺蓋上，並說：「爸爸，請安息。」然後，才由工人往墓穴裡填土，眼看著棺木一點點被黃土埋沒，我的心再一次痛苦起來，啊，我再也見不到爺爺了。

難道這就是生死離別嗎？面對無法挽回的苦痛，我們只能臣服於命運女神。生活中少了一些笑聲，少了一對傾聽的耳朵，還少了一顆心的溫度，一個人的陪伴。這種痛苦，不是一下子就能消除的。

我相信，時間會輕輕地掠過，跟我的心磨出輕柔的火花，幫我抹去悲傷，又重新激起我心中的熱情，去探索這個「未知」的世界。

其實，死亡是很正常的事，流淚是因為突然襲來的悲傷。如果在你身上也發生過這樣的事情，千萬不要深陷於痛苦的深淵裡，讓悲傷蒙蔽了自己的心。心靈受過傷，我們不能讓靈魂空虛，不用老是向人傾訴，把親情深藏在心裡吧，相信在另一個世界的他會感受到那穿越時空的情感。

其實一個人一輩子要經歷許多事情，不管好或壞，要試著習慣與接受它，或許是一種特別的經驗。如果人生總是充滿著幸福與快樂，失去體驗更多感覺的機會，豈不是一種遺憾？

從墓地回家的路上，我望著天空，似乎看到爺爺幸福的笑臉，爺爺正升到天國去，他對我說：「我在天國很快樂！」我的心頓時平靜下來。

2012年9月9日，我會永遠記住這一天！

清明節的思念

　　早上起床，我就給爸爸打電話：「你在幹什麼？」

　　爸爸回答說：「我剛從爺爺的墓地回來。」於是，我們又聊了一會兒。掛斷電話，這才想起今天是清明節！清明節，中國人的習俗是要給離世的親人掃墓，可是，我因為在深圳讀書，不能回臺灣，現在只能用我的筆，寫出對爺爺的思念。

　　爺爺離開我們快一年了，我時常想起他，總忘不了他的音容樣貌。

　　爺爺的年紀漸漸大了，他的天真可愛也與日俱增。記得有一天早上，我睡過了頭，起得很晚，不好意思麻煩保姆幫我做早餐，就自己去煎餅吃。可是，我心大肚子小，多煎了一塊，於是，我把餅拿到客廳，看到正在聊天的爺爺奶奶，便大聲問奶奶：「奶奶，您要不要吃餅？」

　　「好啊！好啊！反正我早餐沒吃多少，正好有點餓了。」奶奶笑著說。

　　我正準備把餅遞給奶奶，爺爺說：「我也要吃！」

　　我不知如何是好：到底該把餅遞給奶奶還是遞給爺爺呢？想了想，還是決定給奶奶。這時，爺爺突然把一只手伸過來，搶走了盛餅的盤子，抓起餅就往嘴裡送，我一下子驚呆了。

　　奶奶急忙說：「這是孫女給我的耶！」她開始從爺爺手裡

搶，可是，爺爺緊緊抓住盤子，死也不放手，還用一種幼稚的口氣說：「誰說是給你的，明明是給我的！」

我笑著勸道：「好了，好了！我再去煎一個就是了！這個就先給爺爺吧，奶奶你再等一下，很快就好。」聽了我的話，兩個老人的這場「爭奪戰」才得以平息。奶奶不服氣地說：「哼！這次就讓給你了，等一下可別搶啊！」爺爺對奶奶吐了吐舌頭。我轉身走進廚房，心想：爺爺真不愧是個老小孩！一想到剛剛那場「爭奪戰」，我不禁會心地一笑。

其實，爺爺不完全是老小孩，他還是有慈祥與和藹可親一面的。

有一次，我隨爺爺到菜地裡拔蘿蔔，我太興奮了，就走得快些，爺爺還在後頭。等我到達後，看到滿園的蘿蔔，高興極了！我跑下菜地去玩，完全忘記了爺爺。我看到這麼多的蘿蔔，全都得意洋洋地在那兒搖頭晃腦，於是抬起腳，向一棵蘿蔔踢去，哇！蘿蔔頭連著它戴著的綠草帽一起飛出去好遠！我不禁偷偷地笑了，又忍不住向另外一棵踢去，就這樣接二連三地踢，等爺爺來到菜園時，菜園裡已經是一片狼藉。我正低頭等著他責罵，沒想到爺爺只是彎下腰來，一邊撿著我踢飛的蘿蔔，一邊對我說：「其實，它們都是有生命的，不要隨意糟蹋它們哦！」我以為爺爺生氣了，看了看他，他竟然笑瞇瞇的，看，多麼寬容、慈祥的一位老人啊！

這就是我的爺爺，他寬容、慈祥，又是個老頑童，如今，親愛的爺爺已經離開我們快一年了，我今天不能親自給他去上墳，心中不禁無比惆悵，只能祝願爺爺在天國開心快樂！

擁抱美麗的春天

　　春天，美麗而溫暖；春天，優美而婉轉；春天，陽光明媚。豔麗的春天，也總能喚來雨水，滋潤我們的心田。

　　在一個春光和煦的早晨，可愛的小鳥兒婉轉地唱出優美的旋律，把躲在被窩裡的人們輕輕地喚醒。我起了床，伸伸懶腰，拉開窗簾，一縷陽光鑽進雙眼，我的頭立刻慵懶地縮了回去，不過，窗外的誘惑實在太大，我猶豫片刻，決定大膽地去接受這份充滿愛意的溫暖。

　　吃過早飯，我下樓去散步，沁人心脾的新鮮空氣迎面撲來。走在蜿蜒的小路上，抽出嫩芽的小樹迎候在小路兩邊，排列得整整齊齊。抬頭一看，蔚藍純潔的天空正朝我微笑呢，它那樣的博大，可以容納一切。我貪婪地呼吸著清新的空氣，讓清涼的晨風拂過我的臉龐，真讓人心曠神怡！

　　春天是柳樹展示柔美腰肢的舞臺，瞧！她正在河邊向人們炫耀，哦，那是她隨風飄拂的長髮，還有她婀娜多姿的舞蹈！哎呀！她還頑皮地「拍」了我一下呢。

　　春天是小鳥兒們練習歌唱的最好時節，它們是天生的歌唱家，誰也拒絕不了它們的歌喉。它們總能利用老天賜予的天賦來溫暖大家的心，幫助不快樂的人找到一絲希望，把人們的激情蓬蓬地燃燒起來，讓春天到處充滿勃勃的生機。

熬過嚴酷的冬天，迎來溫暖的春天。寒氣遠去了，暖風吹來了，葉芽兒、綠草兒、花苞兒，全都羞澀地冒出了小尖兒。小樹剛長出來，別碰！它很脆弱的，給它點時間生長吧，總有一天，它定會長成參天大樹。柔嫩的綠葉就像襁褓中的嬰兒，依偎在媽媽懷裡，眼睛微微睜開，是怕媽媽突然離他而去吧。花苞兒像剛睡醒的孩子，調皮地撅著小嘴巴，嘴唇是那樣的鮮紅……

　　看到這麼美麗的春色，你怎麼肯放開她的手，你怎麼能驟然離去？你現在看到的小花苞，或許只是一只「醜小鴨」，相信到了秋天，它們會變成一只只美麗的天鵝，在金色的背景下，跳起快樂的舞蹈。

　　哦，草地是那樣的綠，綠得耀人的眼，瞧，一張碧綠的大地毯鋪在原野上，給大地著上迷人的色彩。有人踏上柔軟的地毯。別！千萬別把它踩髒了呀。鑲嵌在地毯上的花朵，粉嫩粉嫩的，我都不忍心去撫摸一下，她們的花瓣是那樣的柔美，你就忍心踩上去？

　　蔚藍的天空飄拂著一朵朵潔白的雲，讓你覺得，他們是趕去參加春天的舞會，你還會幻想著自己也是一朵白雲，低下頭去，春天的嫵媚盡情展現在你的眼前，你要是不化作一縷春風，不化作一朵白雲，你就趕不上春天的舞會了。那麼，你還等什麼呢，趁著舞會還在進行中，你趕快去吧，去晚了，你就錯過了舞會的高潮，到那時，你後悔還有什麼用？

　　幽深的峽谷裡，泉水叮咚的小溪瀉出於山巖之間，向人們演奏著大自然動聽的音樂，我一邊欣賞著動聽的音樂，一邊陶醉在峽谷的春天裡，四面竹樹環合，綠色緊緊地包圍著我，讓我忘記了峽谷之外的世界，那都是春天的媚惑啊。

　　春天的美，用再多華麗的語言都無法描繪，只有敞開自己的心扉，去親身體驗，才會有獨特美妙的感覺。春天不只屬於你一個，它帶給每個人的愛都是無私的，平等的，只是每個人的感受不大一樣，如果你給予它的情感足夠熱烈，那麼，她一定會回報你一個更加熱烈的擁抱。朋友，你就不想去試一試？

大雨的洗禮

　　「嘩啦啦——嘩啦啦——」下大雨了，完美的旅遊計劃全都給浸泡在雨中啦！我嘆息著來到窗前，突然發現，雨其實是很美的。你聽，落在樹葉上的雨點發出輕輕的嘆息，是不是嘆息樹葉過早地拋棄了它呢？落在窗臺上的雨點發出「啪啪啪」的聲音，有時還會濺起水花，拒人於千里之外，讓人不敢靠近；落在屋頂上的雨點，匯集成水流，「嘩嘩」地流向地面。

　　天色漸漸地暗下來，雨越下越大，形成鋪天蓋地的雨幕，似乎想用自己的氣勢來阻止人們前進的步伐。然而，它想錯了，人們並不會因為雨大而停止自己的腳步。

　　看，遠處的馬路上，小汽車飛馳而過，來來往往，川流不息，不時濺起路上的積水，形成一道亮麗的雨簾，那一道道美麗的弧線，怕是再厲害的數學高手也畫不出來。從車上下來的人們，沒有稍稍的停頓，撐起傘，消失在雨中。公共汽車好不容易來了，等車的人紛紛圍上去，他們撐著紅的、白的、藍的、綠的、黃的傘，如同一朵朵鮮豔的花，在雨中形成一片花的海洋；下車的人則趕緊撐起自己的傘，匯入到五顏六色的花海中，直到汽車開始行駛，馬路才重新恢復平靜。

　　遠處的街道上，人們穿著各式各樣的衣服，打著五彩繽紛的傘，行色匆匆，如同一條流光溢彩的河，緩緩地向遠方流去，

流去……

　　雨並沒有堵住人們忙碌的腳步，反而使得樹木花草和小動物們悠閒起來。

　　樹在雨中默默地站立著，一陣大風吹彎了它的腰，等風頭過去，它又把腰挺得筆直；小草在雨中打著哈欠，伸著懶腰，準備為自己補眠。得了雨水的小草變得更綠，更可愛；大雨前在樹上嬉戲遊樂的小鳥兒、小蝴蝶和其它的小昆蟲，現在一個也不調皮了，它們乖乖地待在自己家裡，不出窩，是在欣賞雨景呢，還是在欣賞美妙的音樂？

　　跟小動物們一樣，我的心情也漸漸變得平靜，我仔細聆聽著大自然的天籟之音，剛才，我還在為不能出去旅遊而沮喪呢，經過大雨的洗禮，原先的懊惱蕩然無存，這都是大雨的功勞哦！

迷人的秋天

　　春天，常常陰雨連綿；夏天，不是傾盆大雨，就是酷熱難耐；冬天，一刮風，冷得要死！所以，我最喜歡的季節就是——迷人的秋天！

　　我眼中的秋天最迷人。到了秋天，大家都在短袖衫外披上一件薄薄的小風衣。微微而淡雅的風，小心翼翼地撫摸著我們的臉蛋，一股暖意頓時湧上心頭，我們都開心地笑起來。

　　秋天，原本綠油油的稻田披上了一件高貴的黃衣裳。這時候，農民最高興了。看！他們不正趕著收穫嘛！

　　秋天，可愛的綠葉孩子也換上了新顏色，我知道，那是秋爺爺給它們塗上的美麗黃色和紅色。聽，它們在那裡開心地歌唱呢！

　　秋天，菊花羞澀地展開了花裙子，她想，這件裙子壓在箱底太久了，是該拿出來晾曬晾曬，也該好好享受這金色的秋天嘍。想到這裡，菊花不禁靦腆地笑了。其實，菊花得意的不僅是她那件花裙子，你聞聞，還有花叢裡散發出來的清香呢，那迷人的花香，真令人心曠神怡啊！

　　秋天，棗子也成熟了。人們在院子裡揮動竹竿，只一下，打下好多棗子來，你瞧瞧，每一顆都紅彤彤的，比雞蛋小不了多少。咬一口試試，怎麼樣，甜吧！嘿嘿，棗子帶給人們的，是甜

蜜蜜的生活呀。

　　哦，秋天裡還有個中秋節。節日的夜晚，大家坐在庭院裡吃著月餅，賞著月。去輕輕地觸摸一下吧，你要用心地去觸摸那皎潔的月光，你會感覺到，月光溫潤得如流水！去想想吧，月亮的那一邊，就是你思念著的親人，想著想著，你做夢都會笑！

　　秋天，你是最美麗的！秋天，你是最特別的！秋天，你是最令人舒適的！每年，我都會盼望著你的到來。不，不對，是永遠。

彰化，原生態的美麗家鄉

　　寶島臺灣是一個美麗的地方。在島中部有一塊地方，那裡永遠保持著原始生態，人們一直過著樸實的農耕生活，那就是我的家鄉——彰化。

　　我的老家在臺灣彰化。因為靠近大海，這裡早期的建築造型很奇特：牆厚得很難穿破，屋頂更是奇特，由於海風較大，人們會把輪胎壓在屋頂上，以免在冬天刮大風時，屋頂被掀翻。

　　我家門前有一片稻田，後面是群山，左邊有一條小溪，右邊是大片的樹林，我們家被大自然圍擁著。

　　春天裡，門前的稻田綠油油的，最初的稻秧都是一根根細細的小綠苗，它嫩嫩的，很是可愛。到了秋天，全都變成一片璀璨的金黃，放眼望去，成千上萬俏皮的秋精靈趕來聚會。

　　我家後面的群山巍峨峻挺，山上長著數不清的樹木，把山間小路遮蔽得幾乎看不到；我家左邊的小溪，一年四季流水淙淙，不分晝夜演奏著美妙的音樂，那音樂有著鋼琴的高貴音色。我喜歡把腳丫子輕輕地放進透明的溪水裡，溪水的清涼讓人格外暢快；我家右邊的樹林那樣安靜，幽幽的，蔥綠一片，走進去，從枝葉縫隙裡漏進一縷縷陽光，陽光灑在身上，是那樣的溫暖柔和。抬頭望向藍天，藍天澄澈如洗，顯得那樣的深沉而高遠，人們的心也會變得更加幽靜起來。

　　住在這裡的人們永遠是那麼的和諧、融洽，讓人感到無比的親切。孩子們在門前追逐打鬧，大人們帶上自己家種的有機水果和無公害蔬菜相互串門。大家坐在花園裡，一邊吹著自然風，一邊陪老人家聊天。快樂的小鳥常常跑過來湊熱鬧，它們趁人們談天的間隙一陣聒噪，很像是在吸引人們的注意似的。

　　太陽下山時，晚霞美不勝收，再加上稻田裡的一片金黃，那迷人的景色安撫著我們的心靈。這時候，走出家門，徐徐的海風向我們吹來，沒有受到汙染的自然海味，讓我們感到這世界的美好和真實。天色漸漸暗淡下來，抬頭仰望，一顆顆小鑽石點綴在幽靜的夜空，努力綻放出它們的光芒。滿天繁星在你的頭頂上閃爍，一團團的，一簇簇的，擠在一起。看到這樣的景色，你不能不雀躍，不能不心曠神怡。

　　啊！我可愛的家鄉，你永遠是我心中的太陽，你是那樣自然純真，看到你原生態的美，怎能讓我不陶醉？我一定盡全力來保護我們獨一無二的家鄉，保護家鄉的原生態，絕不讓它遭到任何的汙染！

繞村一圈有風景

這個暑假，我過得既充實又開心。因為我一直在復習日語，並有了很大的進步，而且我還看到了我喜歡的明星：炎亞綸、郭雪芙等。我感覺自己就像做了一場美麗而又不可思議的夢。不過最讓我享受的，還是家鄉繞村那一圈美麗的風景。

以前，我對自己的身材感到非常不滿意，甚至慚愧，或許還會被別人取笑。我下過許多次決心要減肥，可是都沒有成功，原因都是因為「可恨」的美食。為了自己的尊嚴，這個暑假，我發誓：趁著天氣熱，多流點汗，少吃點美食，一定要減肥成功！

媽媽看我的決心如此之堅定，便提議我每天傍晚六點繞村子去走一圈。我想村子那麼大，那得走到何時呀？我不禁盤算著打退堂鼓了。可是媽媽堅決地對我說：「必須走，不許說不！」

我沒有辦法，第二天吃過晚飯，我開始了第一天的運動。我一臉的不情願，擺著一張臭臉，行走在鄉間的小路上。忽然間，我發現鄉村傍晚的天空好美，它是橘紅色的，映在人的臉上，感覺淡淡的，很溫馨，很快樂，讓人久久不能忘記。

我繼續往前走，不知什麼時候，我臉上的「臭氣」已被晚霞燃燒得精光。我走在一條又長又窄的小路上，美麗的田野有序地排列在小路的兩邊，讓我很有安全感。綠油油的稻田被微風輕

輕搖曳著，它們要沉睡了。你聽，它們似乎在打哈欠。我「悄悄」地走著，生怕吵醒了它們。

不知不覺中，我來到小叔叔的家，他正在門口，準備把盆裡的水往水溝裡倒。一看見我，就跟我打招呼：「喲，詩倩在運動啊！」

我回答：「與其說是在運動，不如說在觀光吧！我住這裡這麼多年，從來沒發現這裡的景色這麼美麗，我還要繼續觀賞呢！」

小叔叔微笑著，跟我揮揮手，我繼續向前走。我看到，田野裡有好多鷺鷥，它們一會兒飛向天際，一會兒俯衝到田裡，還一邊飛，一邊唱著清脆的歌，像演奏著一部奇妙的樂章，這是一個人與自然的和諧世界。鷺鷥的腿又長又細，全身潔白，它們抬著頭，挺著胸，像一個個稱職的田野衛士。

走在路上，涼爽的風輕輕地撫摸著我的臉，把我身上的熱氣全都拂掉了，這樣的溫度剛好適宜我走路。鄉間的路汽車少，有許多像我一樣運動的人走在路的邊上。我大力地深呼吸，貪婪地吸收著大自然的芬多精，心中變得順暢而舒坦。

從此以後，我每天都自覺地出去散步。同樣的路，不管走過多少回都不厭倦，因為這條路上，總有迷人卻永遠看不膩的風景。呵呵，環繞村莊那一圈的風景太令我難忘！

小琉球和宜蘭遊

　　今年暑假，我過得極其悠哉。老師布置的作業，在七月底就完成了，剩下整整一個月，我可以盡情地享受我的暑假生活啦。

　　這次，七月底，爸爸便帶著我們一家途經高雄去小琉球旅遊。

　　高雄雖然也在臺灣，可是，我感受到的卻是和臺北截然不同的文化氛圍。臺北繁華，商業氣息濃厚，而高雄卻還保留著一些淳樸的文化，老街上賣著古早味的小吃，許多生活用品無不打上昔日臺灣的文化印記，讓爸爸不禁回憶起童年的時光，他的話便不知不覺地多了起來。看來，爸爸童年時，家裡雖然貧窮，歡笑還是不少的。

　　小琉球是臺灣的外島之一，要坐船去，我們坐的是觀光船。船艙兩邊是厚厚的玻璃，一路上，透過玻璃，我們可以盡情地欣賞蔚藍的大海。海裡有很多魚，它們在珊瑚礁和海洋植物之間自在地游弋，看得出，它們是很快樂的。我看累了，跑上甲板，溫暖的陽光照射著海面，海面上投映出美麗的波光雲影。我半瞇著眼，陶醉在大海美麗的景色裡。

　　我們終於到了小琉球！潔白的海灘上，到處是五彩斑斕的貝殼，孩子們在沙灘上嬉戲，湛藍的海水裡，紅男綠女們相互追逐著。天上沒有一絲雲彩，天空與大海連成了一片，成群的海鳥不知是翱翔在天邊還是緊貼著海面……多麼美麗的景色啊！來這

裡之前，我在網上查過小琉球，據說，小琉球最著名的景點就是海中那塊巨大的珊瑚礁──花瓶石，噢，我看到了！它就屹立在海水裡，偉岸、堅實，是不是咱們東海的柱石？

　　八月底，我們一家再次出遊，這次去了臺灣北部的宜蘭。礁溪是宜蘭的溫泉小鎮，這裡以溫泉著稱。別處的溫泉一般都在深山裡，而礁溪整個小鎮就是個天然的溫泉館，一個個精美的、造型各異的泡腳池如同一塊塊綠色的寶石，鑲嵌在礁溪小鎮上，公園裡隨處可見泡腳池，連許多休憩處也有，它們都是政府出資修建的，前來旅遊者一律免費享用。當你長途跋涉之後，把腳浸泡在溫柔的泉水裡，想想看，那是一種什麼樣的享受啊！

　　哦，我忘了告訴你，我最想跟你分享的，是宜蘭著名的「林美步道」。這條「林美步道」分為兩段，第一段與高爾夫球場平行，路的兩旁一邊是球場，忽而是平坦而青綠的草地，忽而是碧波蕩漾的水池；一邊是蜿蜒起伏的小山，山上生長著各種知名或不知名的植物。山腳下的路是用一顆顆細小的鵝卵石鋪成的，人走上去一跛一跛的，並不舒服，可是，這些鵝卵石是健身的哦，它們把人腳板上的穴位激活了，讓你的身體健康起來，不也很好嗎？我們走了二十多分鐘，才走到第一段路的盡頭。陽光肆無忌憚地照射著，我們汗流浹背，心情不由得變得煩躁，很多人便放棄了下一段行程。這些人裡，就有我媽和妹妹。

　　剛開始，我也是很猶豫的，不過後來還是踏上了「艱難」的旅程。我知道，我必須運動，鍛鍊身體。沒走多久，還真有了一點兒後悔。唉，太熱了！回頭吧，我不甘心，只好硬著頭皮，繼續向前走。差不多又走了200米，嘿，前面的路漸漸窄了，拐

進了山谷，我似乎聽到一種「嘩啦啦」的聲音。啊，原來是一條瀑布！我怎麼也沒想到，寧靜的山谷裡，居然藏著這樣一條瀑布，真是不可思議！我靜靜地聆聽著瀑布飛流的聲音，體會著大自然的氣息，不停地深深呼吸……

繼續前行，不一會，一條清澈的小溪橫在我們面前。我脫掉鞋子，慢慢地踏進去，那種沁人心脾的感覺真是美妙，我真恨不得躺進小溪裡，去享受小溪輕輕的撫摩。溫和的溪水從我的腳趾縫中穿過，好輕柔哦！我心裡喊道，呵呵，媽媽，妹妹，你們虧大了！

我們終於爬上山頂。站在山頂，我真想大聲地呼喊。噢，綠樹環繞著我，陽光輕輕地撫摩我，清風攜帶著山泉的慰藉。這裡是天然的避暑勝地，那樣的潔淨，從未被汙染過，它是人間的天堂，天堂裡，花的芬芳一路伴隨著我，我澈底陶醉在綠色的大自然中，陶醉在花香裡，溪潤裡，山嵐裡……

悠哉悠哉！這個暑假，我過得真是開心又充實。除了開心和充實，我還明白了一個道理：即使是旅遊，我們也不能半途而廢，你要是有恆心，有毅力，就能發現更加美麗的風景，你的人生才會更精彩。哦，絕不要輕言放棄喲，要知道，錯過了美麗的風景，等你後悔時，已經來不及啦！

臺灣的美景和美食

去年暑假，我們在臺灣度過，飽覽了臺灣的秀美風光，嘗遍了臺灣的特色美食，真是大飽眼福和口福啊！

五峰山的美景

有一天，阿姨說要帶我去一個既神秘又好玩的地方。

我們先開了一個小時的車來到新竹的五峰山。山腰有張學良故居，我們進去參觀了十幾分鐘，了解到許多關於他的歷史。原來，張學良因為發動「西安事變」，一直遭到軟禁，這裡就是他被帶到臺灣後的軟禁地。到了這裡我才知道，原來張學良是這樣的一個偉人！他在中國歷史上寫下了不可磨滅的一筆！只可惜他的人生如此坎坷，如此悲慘。好在他活了一百零一歲，也算是老天對他的一種回報吧！

故居的不遠處，有一條清澈無比的溪流，我還去泡了腳呢！溪水很清涼，山腰上如同仙境，只不過水裡的石頭上有許多青苔，害得我差點兒滑了一跤呢！

緊靠著溪流有一條高度為幾十米的吊橋，我大膽地走上去，在上面，我蹦啊，跳啊，一點兒恐慌都沒有，吊橋開始有點兒搖晃，媽媽有點害怕，她大聲說道：「別跳！」我只好停下

來，安分地走過去。

我們在吊橋橋頭的商店買了幾根香腸，就回到車上，然後車子繼續往山上開。山路非常陡峭，一個小時後，我們與一些朋友在山上的露營區會合，由於路途遙遠，一到山上，我跟妹妹就餓得哇哇叫，我問：「今天吃什麼？」

朋友們回答：「泡麵！」

「什麼，泡麵，」我問道，「難道沒有米飯嗎？」

「沒有，到山上露營，哪有米飯吃！」

哦，對！我怎麼忘了呢？露營區哪會有什麼米飯！於是我只得吃泡麵，不過那一刻我覺得，它是全世界最好吃的泡麵了！

接著，我們又開車到了五峰山的最高峰，我們在雲霧繚繞的山頂上打羽毛球，去參觀空中帳篷，那裡洗手的水非常涼，如同冰塊一樣，我情不自禁地捧起水來往臉上潑，啊！好舒服！五峰山真是個優美而好玩的避暑勝地！

臺灣的美食

周末的時候，叔叔就帶我們去臺灣各地吃特色美食。

我們先是去了南投，在那裡坐了纜車，然後買了些小吃，印象最深的是那裡的特產——香菇茶葉蛋，這可不是普通的茶葉蛋哦！它有一種獨特的滋味，買這種茶葉蛋的人大排長龍，天天如此，我們也被它的美味所誘惑，一次就買了三十個。

嘉義的雞肉飯和米糕是頂有名的！雞肉飯裡有專門調配的醬汁，飯裡還配上一些雞肉絲，簡直是人間美味啊！

鹿港的麵線糊和鹹蛋糕也是獨一無二的，它的麵線非常細

嫩,咬下去很Q,湯又濃又稠,吃下去有種莫名的興奮感!

　　還有臺中的「太陽餅」,臺南的「棺材板」……這些美食,都會令人垂涎三尺,假如你喜歡吃喝玩樂,就一定要來臺灣,豐富的臺灣之旅保證讓你終生難忘!

臺北之行（一）

坐高鐵去臺北

2014年暑假，為了辦美國的簽證，我必須去臺北。嗨，我開心極了，終於不再被困在彰化偏僻的鄉村裡啦！

我當然知道，農村的空氣好，風景美，但是在大陸，我們住在深圳，習慣了大城市的繁華，購物方便，還有喧囂的鳴笛聲。我想像著——臺北一定跟深圳一樣，早上一下樓，就有兩條街的早餐店，各種各樣的美食，你可以不疾不徐地大吃一頓。過個馬路，就可以抵達百貨公司，開始你瘋狂的購物。馬路上滿滿的小黃，繁忙的公路，奔馳而過的汽車，讓人看了眼花繚亂……

大城市的便捷吸引了我，因此，我對它有著無限的憧憬。這趟三天兩夜的臺北之行，我和妹妹都無比激動，一直喊著：「啊，太開心了，終於要去臺北啦！」我們忙著收拾行李，臉上洋溢著幸福的笑容。

那天一早，我們早早地起了床，懷著滿心的期許，來到臺中的高鐵站。我問媽媽：「你有查過去臺北的高鐵時間表嗎？」

媽媽回答：「沒有。」

「啊？那你怎麼知道我們進去後要等多久，高鐵才會來？」我驚訝地問她。

「哎呀，不用擔心，像這種直達的高鐵很多，十幾分鐘就會有一班。」我聽了，心裡鬆了一口氣。

我們來到買票窗口，隊排得不是很長，我聽見後面有幾個人在講韓語，轉過頭去看，她們長得還真是一副韓國人的臉！後來，又來了幾個韓國人，從他們的談話中，我偶爾還能聽懂幾個字呢！我看了看牆上的列車時間表，幾乎只有從臺中到臺北和臺中到高雄的高鐵，那麼，從西邊到東邊的呢？我問媽媽，媽媽說：「臺灣是南北長，東面到西面很窄的。」我細細想了想臺灣的地圖，確實是這樣。

沒幾分鐘，我們就買到票了，妹妹是半價的兒童票，我是打七折的學生票。告示牌上顯示的列車啟程時間是10分鐘之後，我看到這麼大的候車廳，不禁跟機場的情景聯想起來，以為程序複雜，還要走很遠，就催著媽媽和妹妹：「快點，快點啦！」

我們從沒坐過高鐵，不了解它的程序，怕趕不上時間，走路的速度便加快了。可誰知不到5分鐘，我們就找到位置坐好了。什麼嘛！連檢查行李的程序都沒有，路也不遠，害得我們那麼著急。不知道為什麼，我們三個人的位置給分開了，好在都在同一列車廂。我兩邊坐的都是成年男人，前面又是一個大大的行李箱，感覺被夾在中間，有點兒難受。

不一會兒，列車啟程了。我覺得跟在深圳坐地鐵的感覺很相似。這班列車是直達臺北的，一共要花50多分鐘。我看見右邊的叔叔打開一個麵包，大大方方地吃起來，在高鐵上能吃東西嗎？我心中深存疑惑。

幾分鐘後，兩位服務員推著裝滿小零食和飲料的小推車在走道上徘徊，我頓時恍然大悟：這是高鐵，不是地鐵，是允許吃東西的。

　　我覺得有些無聊，拿出包包裡的平板電腦正要看視頻，突然，左邊在講電話的叔叔把我給吸引了，我一直在判斷他是在講哪國語言，一開始迷迷糊糊的，以為是臺語，但又覺得音調怪怪的，終於，在一句話裡，我聽出了答案——日語。我學習過日文，心裡立刻變得興奮起來，便靜靜地坐在旁邊，聽著他講的一字一句。他講得好快，又流利，一個臺灣人能講出這麼地道的日本話，他究竟是花了多少工夫來學習的呀！我好羨慕。不過，我每句話也幾乎只能聽明白幾個詞，不禁意識到，我的日文還是幼幼班的等級，往後一定要好好學習才行哦！

　　50分鐘後，我們終於到達臺北站！我們拎著行李下了列車，搭上電梯。到一樓後，我發現還有地鐵，這裡跟香港差不多，下了火車，直接就可以上地鐵了。

　　這裡真是人山人海，來搭地鐵的人把出入口擠得水泄不通，這就是繁忙大都市的特點吧！在我們彰化，連巴士和計程車都很稀少，更不用說有地鐵了。

　　出了站，我把車票放進包裡，沒有丟掉，是為了紀念第一次坐高鐵。我們順著指示出口的箭頭走，感覺走了挺久。出去了，竟是地下停車場！在人行道的邊上，是排著隊的計程車。我們坐上一輛小黃前往酒店。

酒店和美食

　　一路上，我望著窗外，不想錯過任何的「風景」。可是我發現，這裡跟我想像的差太遠了！我原以為，臺北會像深圳一樣，有著無數的高樓大廈，高高的公寓。但是，我們經過的地方，幾乎沒有大樓，都是些獨立式的「小破房」，根本談不上華麗！不過，琳瑯滿目的店鋪倒是跟我預期的差不多，尤其是那些小吃店，很具誘惑性，啊，我怕是又得肥起來嘍！

　　二十分鐘後，我們到了酒店。看到它所在的地方是如此的喧鬧，酒店卻不大，也就五六層樓，被兩旁的店鋪夾著，要是不注意，實在看不出這裡有酒店，這是什麼地理位置啊！

　　不過，進到房間一看，還算豪華，乾淨的地板，一大一小的床，潔白的浴室，看了都覺得舒服，完全抹去了在上海時住的那個酒店的陰影，也顛覆了我對這裡不好的印象。

　　快一點了，我們才想起還沒吃中飯。於是匆匆地下樓，去尋找美食。我們終於找到一家餐館，三個人點了素板條、酸辣板條、蝦仁蛋炒飯和蔥油餅。每份上來的食物分量都很足，老板娘還毫不吝嗇地給每桌一盤免費的炸紅豆球，嘿，這紅豆球，好吃極了！蔥油餅是這裡的招牌，還是經過服務員的推薦，我們才點的。它跟一般的蔥油餅不一樣，不是一張薄薄的餅，而是有點像肉夾饃那麼厚，一層一層的，一咬，外脆內軟，每一層都撒著許多蔥花，那種幸福感，只有吃過的人才知道。第一次吃到這麼具有特色的蔥油餅，我澈底被它征服了。

Angel和SOGO

　　吃完飯，總不能忘記來臺北的初衷吧，於是，我們搭上一輛計程車，前往我將要去的學校招生辦公室。我發現，臺灣的計程車跟大陸的不太一樣，雖然也用計步器，但是在結帳的時候，不會像大陸那樣，還要幾塊錢的服務費，這裡坐計程車的費用並不貴，幾乎是不管去臺北的哪裡，車費都是100多新臺幣。

　　車終於停在一棟高樓大廈前面。走進去，在保安叔叔那裡登記後，我們乘著電梯上到12樓。一直以來，幫助我申請學校的人都是Angel，除了跟她在Skype和電話裡聊過，還真想見見她。

　　我們看到了大大的招牌，便推開門走進去。一位阿姨向我們走來：「你好，請問要找誰？」

　　「Angel。」我答道。

　　「哦！真不巧，她去樓下買東西了，馬上就會回來，請稍等。」

　　我們坐到訪客區，開心地聊著天，期待著Angel的到來。

　　「媽媽，不知道為什麼，聽到Angel的聲音，我覺得，她應該是短頭髮。」我告訴媽媽。

　　「可是她Skype的頭像是長頭髮耶！」媽媽提醒道。

　　「等一下看看吧！」

　　大約5分鐘後，一位女子推開門走了進來，我猜想：肯定是Angel。

　　「嗨！我是Angel。是詩倩媽媽嗎？」

　　「是的。」

「好，今天你們是來核對資料的吧，等我一下，我先放個東西。」

Angel長得挺漂亮，高高的個子，明亮的大眼睛，講起話來很和氣，給人一種親近感。

花了快半小時的時間，我們終於核對完了資料，我也把心中大致的疑問解決了。離開前，Angel提醒我們：「記得後天有個行前說明會，會有學長來跟你們分享他們在那個學校的生活，說明會結束後，會有個餐會，一定要來喲！」

時間才下午2點多，剛好媽媽手上有別人送的太平洋SOGO禮券，當初知道臺中有一家，我們還特地跑到那裡，可誰知道，臺中的是廣三SOGO，禮券不能用，害得我們白跑了一趟。

我們找到一家大型百貨公司，這家公司外面很寬敞，可以說是一個小廣場，旁邊的牆上掛著很大的銀幕，上面播著不同明星的錄像，宣傳著自己即將要辦的演唱會，有S.H.E.、蔡依林、丁噹……

我們走進了SOGO，迎接我們的是一家又一家名牌店。三個人從上逛到下，買了點保養品，最後在地下一樓的超市「參觀」了很久。在那裡，媽媽看到了自己習慣喝的有機產品，比她原本買的價格還便宜。媽媽買了好多，說要回去送一些給親朋好友。我和妹妹還買了兩人最鍾愛的海苔，有原味和泡菜味的，兩個人都迫不及待地要打開品嘗。

回到酒店，已是6點。我們整理了行李，喝了芝麻糊當晚餐，玩玩手機，看著窗外的夕陽，配著眼前的「破房」，這樣的搭配並不奇怪，反而顯得更有魅力。我忍不住拍了幾張照，或許，這就是臺北的樸實吧！

臺北之行（二）

漫長而又簡約的面試

　　早晨6點，我就被媽媽叫起床，因為今天我要去辦簽證。Angel幫我約的是7:45，可是酒店7點才開始供應早餐，到那裡車程又要用20分鐘時間，唉，今天的行程真緊吶！

　　6:55，我們三個坐在餐廳門口等著開門，媽媽很著急，生怕趕不上時間，我倒是不疾不徐的。

　　餐廳的門終於開了，媽媽拉著妹妹快速向前走，我在後面不快不慢地跟著。

　　「快點！」媽媽向我喊道。

　　一進去，早餐沒我想像的那麼豐盛，不過還算不錯。我拿了盤水果，一片夾著草莓果醬的土司，一盤麵條，加上我喜歡吃的小菜。回到座位上，我發現，我拿的東西太多了！可是從小我就是這樣：眼大肚子小。我才吃到一半的時候，媽媽和妹妹已經吃得差不多了，媽媽焦急地說：「快點！都快7:20了，要來不及了！」我被媽媽催著，只得狼吞虎嚥起來，往嘴裡大口大口地塞，胃都快脹破了，呵呵，我還是把大部分食物吃完了。

　　一出門，馬路上的汽車一輛輛地從眼前飛馳而過，我們叫

了輛小黃，前往「美國在臺協會」。

我是第一次辦簽證，不知道它整個流程是怎樣的，會不會很麻煩？聽說還有面試，如果過不了怎麼辦？Angel幫我約的是7:45，是不是跟面試官面對面坐著，問你一些問題呢？種種的擔心和疑惑，讓我變得不安起來。

我們來到門口，隊排得還不算太長，原來，約好了也還要排隊的啊！

門還沒有開，隊伍卻一直在延長，看了看隊伍後邊，起碼有60個人，我還算排在挺前面的。

大太陽的，又是室外，炎熱的天氣讓有些人變得煩躁。我們已經等了近15分鐘了，也變得有點不耐煩。這時，一位女保安拿著兩張紙走來，喊道：「好了，等一下就要進去嘍，請檢查一下你們的證件，尤其是我手上的這兩樣證明，沒有它，是進不去的。」

5分鐘後，門打開了！一進到裡面，第一關讓我驚訝至極——搞得像機場安檢一樣，竟然還要檢查包包，押上媽媽的身份證，暫時「沒收」手機，這也太正規了吧！

第二關是檢查資料，大家要排隊把手上的資料給服務人員檢查，確保資料齊全後，才能進到下一個程序。我的東西當然是齊全的，一下子就通過了第二關。

第三關是核對資料和指紋，我們坐著等候了好久，差不多有20分鐘了，忽然，一位阿姨走來，我原以為她要來開門，其實，她只是過來講解等一下的程序要怎麼做。不一會，我看到一位出家人手中拿著資料去排隊，原來，和尚也要去美國！又等了10多分鐘，正當我感到絕望的那一刻，那位阿姨又走來，叫

道：「現在，請前三排的人過來排隊，後面三排的，請移到前面來。」聽到阿姨的話，我想：終於有動靜了！我是第四排，照她的話，我挪到了第一排。

我看著前面正在核對資料的人，和公務人員隔著一扇玻璃窗，要檢查的東西很多，感覺挺麻煩，每個人幾乎都要花上1分鐘的時間。輪到我了，我按照剛才阿姨講的，把護照上的條碼按在玻璃窗上，讓他用掃碼器「嗶——」一下，感覺好新鮮！然後就是把資料塞進小口裡讓他核對。

過了一會兒，聽到檢查員說：「好了。」本來怕資料不齊全，現在，我心裡輕鬆了許多。

接下來是第四關——指紋認證。首先，被檢查的人要把左手的後面四指放在指紋驗證器上用力地按一下，當聽到「嗶——」的一聲時，就代表通過了。然後，他還得把右手的後面四個指頭再放到上面按一下，最後是兩手的大拇指一起按，我感覺好好玩！

最後一關，才是真正的面試，媽媽一直讓我別緊張，其實，我一點緊張的感覺都沒有。我的自信是這樣來的：Angel昨天跟我說：「只要你資料齊全，他們不會問太多，我們這邊還有過學生問都不問就過了呢！如果漏了一些重要文件，就會覺得你很可疑，所以會多問你幾句。面試很簡單，你不用太擔心。」

面試官還在準備，我們坐在前邊的椅子上等著。究竟要等到什麼時候呢！為什麼這個早晨的大部分時間都是在「等待」？我都快瘋了！但我還是得忍著，只能靠觀察周圍的環境來轉移我的注意力。

面試的地方跟我想像的差太多了！它幾乎是在大庭廣眾之

下進行的，所以，你講的英語大家都能聽得到。它跟前面的兩個程序一樣，都是隔著一扇玻璃窗，原來這才是「面試」的真面目啊！

我坐在椅子上，忽然聽到一個正在核對資料的人叫道：「哎呀！我忘記帶戶籍謄本了！」他很焦急，不知道自己面試能不能過，一直為此苦惱著。

不知過了多久，我又看見指紋驗證的一些人出了問題，應該是驗證器上殘留了某些人的汗和分泌出來的油脂，所以指紋沒有辦法很好地接觸到機器上，幸好旁邊早已準備了抹布和乾洗手液，這才解決了問題！

這時，一個人走來對我們說：「前面的人可以去按照順序排隊了。」我跟著人群走過去。又等了十幾分鐘，只聽見「啾——」的一聲，面試官將擋在玻璃窗上的簾子拉開了，終於要到最後一關了！

面試官一共三個人，一男一女兩個外國人和一個臺灣人，都用英文和應試者對話。我看著那兩個外國人，男的面試時間挺久，而女的幾乎不到一分鐘就過去一個。到我的時候，我剛好被分到那個女面試官，這位女面試官臉上沒有一絲笑容，她用很快的英語問我：「你在美國讀完高中要幹嘛？」

「繼續在那裡讀大學。」

「你爸爸是做什麼的？」

「他是公司的老闆，做散熱片的。」

「你即將要去讀的學校叫什麼名字？」

「EF Academy。」

「好的，謝謝。下一位！」

我張開大嘴巴，露出驚訝的表情：這也太快了吧！

那位面試官把我的護照拿走了，說到時候用郵遞的方式跟簽證一起寄到我家。

我們拿著自家的電子產品圖片和媽媽的身份證離開了面試大廳。一出去，陽光四射，逼得人不能睜眼，看看手錶，天哪！已經十點多了，這時間也花得太久了吧！

「雲南自製涼麵」和健身房

我們決定先回酒店休息。媽媽一進房間，就累得撲到床上，不一會兒，竟睡著了！我和妹妹在房間裡玩鬧著。許久，兩個人的肚子都餓了，便叫醒了媽媽。

昨天，我們坐著小黃經過一間離酒店很近的店，上面打的招牌是「雲南自製涼麵」，一聽到這個名字，就讓人直流口水。我把這個提議告訴給媽媽，媽媽二話不說，帶著我們前往那裡。

媽媽點的就是雲南自製涼麵，妹妹點的是牛肉麵，我點的是咖哩板條。我第一次看到咖哩裡竟有地瓜，不太喜歡吃，只好將大堆的地瓜夾出來。好在麵的味道還不錯，只是裡面的菜讓我不太滿意，竟沒有咖哩不可缺少的馬鈴薯！

吃完飯，我們回酒店休息。媽媽又要開啟「睡眠模式」，我沒有午睡的習慣，所以趁著這段時間，打算在這座大樓裡探究探究。我們住在8樓，聽說有健身房，我決定和妹妹去尋找，我們坐電梯上到最頂樓——9樓。

電梯門一開，外面沒有走道，沒有房間，眼前只是一扇門。我推開這扇門，探頭出去一看，哇！真的有健身房耶！兩個

人立即跑出電梯。這扇電梯門和健身房之間隔著一條美麗的石頭路，特別漂亮！我們先跑到右邊的陽臺，看！那邊就是101大樓！我和妹妹興奮地互相拍照，拍出來的照片裡，我看上去比101還高大呢！

想著中午吃了那麼多，不妨運動運動，減減肥。一聽到「運動」兩個字，妹妹嚇得落荒而逃，把我一個人留在了健身房。

我走進健身房，裡面空無一人，我先把開著的空調關掉，不然達不到運動的效果。接著，我先踩半個小時的腳踏車，然後走40分鐘的跑步機。運動結束後，我滿頭大汗地回到房間，這時，媽媽也起了床，看到我身上像剛淋完雨，就說：「趕緊去換身衣服，等一下，我們要去東區了！」

其實，這次來臺北，我最想去的地方就是東區。因為那裡是臺北最熱鬧的地方，明星開的店也多，像炎亞綸，張韶涵……這次，我之所以把過長的瀏海留到現在，就是衝著炎亞綸和林志玲合開的理髮店去的，之前，我還特地上網去查找過地址和照片呢！

一到東區，嘈雜聲更大了，琳瑯滿目的店面呈現在眼前，五彩繽紛的LED燈讓人眼花繚亂。第一站，我們去的是理髮店，我們拿著手機上的地址問路，走了一會兒，終於在一個無人問津的小巷中找到了這家店。在門口，我們看了看價格表，哎喲，也太貴了吧！洗髮加剪頭竟要850元新臺幣！太不可思議了！進到裡面一看，裝潢還可以，只不過，規模比在網路上搜尋的圖片差了點。看到這裡已經客滿，店員又說，起碼要等半個小時以上才輪到我，我想，反正只是來看看，換家店剪也可以。我便跟媽媽說：「算了，我們走吧。」

之後，我們連續去了三家美髮店，都是客滿，媽媽不禁感嘆道：「天哪！這裡的理髮店價格這麼貴，又總是客滿，要是在這兒開家理髮店，豈不是要賺死？」

我決定放棄在這裡剪頭髮了，在酒店附近，我也看到很多理髮店，決定回那裡去剪，我們先去逛街。可是，眼前商店這麼多，都不知道該從哪家店逛起。

經過兩個多小時的拼搏，最後，我的戰利品是：一雙鞋、兩件外套和一件短袖衫。離開店鋪時，三個人都開心至極，滿意的笑容洋溢在我們臉上。

誠品書店飄書香

晚上，我們吃了在東區買的麵包當晚餐。回到酒店後，媽媽忽然接到一通電話：「哎！張婷啊！你怎麼到臺北也不跟我說一聲，我還是看了你發到朋友圈的微信才知道的，你現在在哪裡，我帶兒子和你們一起出去玩。」媽媽跟她的朋友聊了一會兒，掛下電話後對我和妹妹說：「你們趕快把東西收拾一下，等一下我們就要出去玩了。」我看了看錶，快9點了！天哪！這個時候還出去？

10分鐘後，阿姨開著車到了酒店門口，我們見到她，看見她沒有什麼變化，可心中有一種說不出的激動。阿姨還把兒子介紹給我們，接著大家就坐上車，開開心心地出發去玩。

在車上，我問阿姨：「我們要去哪裡呀？」

「去誠品書店。」

「哦！我知道，它超有名的！」我把關於誠品書店的一些

知識全都倒出來，「聽我的一位姐姐說，它是一家偉大的書店，允許人們來白看書，對讀者的服務態度很專業，就這樣，誠品書店都沒賺到錢，虧了幾十年了。」

阿姨說：「其實也還好，現在我們只要看到喜歡的書，就毫不猶豫地買下來，這可以說是一種自覺性吧。」

就這樣，我們不知不覺聊了一路，終於看到了誠品書店的招牌。我們先去停車，可是不管怎樣，就是找不到車位，光是開著車繞來繞去就花了20多分鐘。媽媽跟阿姨講：「我發現臺北的車位真不好找。」

「對呀，車位很難找，所以，現在很多人出門都是搭計程車，這就是為什麼臺北的小黃這麼多。」

阿姨找得越來越不耐煩，竟在一戶人家的門前停下來。我疑惑地問她：「這樣真的可以嗎？」阿姨開玩笑說：「我從小在臺北長大，這裡就是我的地盤！」大家聽了都笑了，不過管不了這麼多啦，那戶人家應該睡覺了吧，我們只管前往誠品書店。

一進到門裡，一股濃濃的詩情畫意朝我們猛撲過來，我看到一排排琳瑯滿目的書，再加上大片坐在地上看書的年輕人，這樣的畫面真奇妙！

書香彌漫在空氣裡，而我，漫步在這難得的風景中。誠品書店就像它的名字一樣「真誠」，這裡不只是書店，更是書的寶庫，它裝滿了讓人抵抗不了的魅力與誘惑，把各國的文化推廣到世界各地。

我想坐下來靜靜地看書，可是看到地上滿滿的人，書架上數不清的書籍，又不知道該從何看起。在糾結中，看書的欲望漸漸退卻，於是乾脆和大家一起去隔壁店裡喝飲料。

在這裡，我們一邊吃吃喝喝，一邊聊天，眼看著就要11點了，我和妹妹的呵欠一直打個不停，於是，阿姨才把我們送回酒店。

　　一打開房門，看到潔白的床，我們忍不住把一身的疲勞都往它身上發泄，「撲──」的一下，心中放鬆了許多，我們閉上眼，哈哈，終於可以好好享受這美好的一晚啦！

臺北之行（三）

行前發布會

　　今天起來得比較晚，不像昨天那麼趕，我們不慌不忙地吃了早餐，坐上計程車，在將近10點鐘時到達美國學校的招生辦公室。

　　今天早上的第一件事情是聽9月出發行前說明會。我們提前到了，一見到Angel，她就問我：「昨天的面試怎麼樣？有沒有緊張？」

　　我說：「還好啦！我想我應該會過吧！」

　　「嗯，以你的程度，應該是沒有問題的。對了，聽說昨天一個女面試官心情不是很好，一連拒絕了三個人，其中還有一個是出家人。」聽到這裡，我就知道了，昨天見到的那個和尚被拒絕了，也才恍然大悟：昨天那個女面試官為什麼講話那麼快，臉上沒有笑容，短短的幾秒鐘就結束一個面試，原來是這個原因啊！

　　媽媽聽了笑著說：「難怪呢！我就說那個女面試官怎麼怪怪的。」

　　接著，Angel就邀請我們到會議室裡去等候。不一會兒，人

陸陸續續地進來了，一想到這些人都是即將跟我一起出國讀書的同學，我心裡就很興奮，但是因為害羞，我也沒有主動去跟任何人講話。

10點多鐘的時候，人差不多到齊了，說明會開始了。這場會議的主持人是Angel，她跟我們耐心地講解關於「EF Academy」的一切：注意事項、選課、教學模式……最後還請了三位學長來為我們解答剩下的疑惑，大家為去這個學校，都做了充分的準備，對它的期望與熱情也非同一般。

宴會上認識新同學

說明會終於在12點的時候結束了，下一個活動是參加宴會。我原以為媽媽和妹妹會陪著我一起去，可沒想到只有我一個人參加！這裡面的人，我一個都不認識，也不知道他們願不願跟我講話，我有點退縮，問媽媽：「我可以不去嗎？」

媽媽嚴肅地說：「當然不行，答應好的事情不能毀約，而且，去認識認識新同學，有什麼不好？這裡是500塊錢，等一下你就坐計程車，回酒店和我們會合吧！」

我知道沒有商量的餘地，只好硬著頭皮，跟著隊伍走了。一路上，沒有人跑來跟我說話，我卻不感到孤單，因為我正在想：吃飯的地方會是什麼樣子呢？我們不是AA制，應該不會很好吧！

餐廳離招生辦公室不遠，走路10分鐘就到了。一走進去，完全顛覆了我之前的想像：這其實是個小小的西餐廳，雖然菜色不多，但是裝潢還不錯。為了今天的聚餐，Angel還專門為我們包

了3個小時的場。

第一步是分桌，老師把我跟一位學長和一個女生分到了三人桌，我心裡十分緊張，想說話又不敢開口，沉默的感覺讓我不自在，這性格真不像我！

第二步是點餐，我看了看菜單，一共要選主食、飲品和甜點這三種，我點的是鮮菇義大利麵、義大利可可和巧克力布朗尼。

點完後，我搓著手，不知如何打破沉默。忽然，有人拍了拍我的背：「Hello！你也是要去紐約校區的嗎？」

我有點被突如其來的問題楞住了：「是……是的，你是去讀幾年級的？」

「哦，我是去讀10年級的，你呢？」

「我是要上國三，好像很少人是跟我讀一樣年級的。」

「誒，你也是要去讀9年級的？」那個跟我坐一桌的女生問我。

「你也是？」

「對呀！那麼說，我們以後是同學啦！」

「嗯！」我開心地點點頭。

不知不覺，剛才的緊張與不安早就被拋到九霄雲外去了，我漸漸地投入到跟新朋友的談話中，我發現，她們並沒有那麼難相處嘛！

我還問了學長一些關於那個學校的問題，大家在一起有說有笑，通過幾十分鐘的談話，我們變得更了解對方了，都看到了彼此的優缺點，我還特地問了他們的英語程度，大家的水平並不差，這使我意識到「天外有天，人外有人」，給了我更要加把勁前進的動力！

開胃菜先上來了，是沙拉和炸雞。為了健康，我一直強迫著自己吃素，不能吃炸食。所以吃完沙拉，把另外一盤開胃菜就丟在一旁。

那個跟我坐同桌的女生看到了，就指著炸雞，坦然地問：「你不吃嗎？」

「不吃。」

「那我吃嘍！」我有點被她的直率給震驚了，便樂意地點點頭，心想：還真是坦率呀，她或許就是屬於爽快的那種性格吧！

我期待已久的鮮菇義大利麵終於上來了，看著團團的義大利麵上鋪著滿滿的菌菇，真是大飽眼福。再嘗一口，油滋滋的，這樣的美味讓人好幸福哦！然後是義大利可可，我本來以為它是熱的，可是當我摸到它時，恰恰相反，是冰的！喝一口，清清涼涼，甜蜜的滋味在心頭！最後是巧克力布朗尼，以前我從沒見過，也沒吃過，在點它的時候，還特地問了下是什麼東西，服務員說是巧克力蛋糕，哦，原來是我的最愛！於是，我毫不猶豫地點了它，但是上來的時候，我用湯匙一戳，它硬得跟石頭一樣！怎麼吃呀！我使了點力，勉強挖下一小塊，放進嘴裡，確實是巧克力蛋糕的味道，入口即化，沒讓我失望。

有趣的猜單詞小遊戲

最後的環節是玩小遊戲，Angel說：「這個遊戲我想了一夜，它是考驗你們的團隊合作精神和英文水平的哦！」聽了這句話，很多人都開玩笑地給自己漏氣：「我不行啦！慘了啦！」Angel不管這些人的哀嚎：「好，現在分成三大組坐好，大家各

就各位，準備猜單詞！」

我被分到的是第二組，找到位置坐下後，我靜靜地看著所有組員。嘿，又是一群新面孔！

Angel宣布遊戲規則：「猜的人背後會有人拿著一張中文的詞卡，由面前的隊友用英文來跟你描述，不能提示這張詞卡上任何相關字眼，然後由猜者用中文說出答案。時間限制是每個組五分鐘，猜完一個，就換剛剛描述的人猜，如果實在猜不出來可以喊『pass』，最後由猜出最多詞卡的組獲勝。」

首先，Angel讓每組的組長安排上場順序，如果某個隊員浪費的時間較久，那麼其他的人就玩不成了，所以順序是極其重要的。

一開始，我們的組長開玩笑地問：「哎，你們誰出過國？」有些人舉起了手。組長又問，「你們的雅思分數是多少？」這時，Angel走過來笑著說：「你怎麼這樣！」最後，也不知道怎麼安排的，我變成第三個上場的。

一場激烈的「戰爭」開始了，由第一組先去「上戰場」。一個人坐在椅子上，後面的老師站在他背後拿著一張單詞卡，我伸頭一看，什麼，竟是「娘娘腔」！我旁邊的「陌生人」拍拍我的肩膀，問：「上面寫著什麼呀？」「娘娘腔。」我笑著說，「陌生人」也笑了。結果，那個描述的男孩就真的成了個娘娘腔，嫵媚的動作惹得人發笑。大家都很積極活潑，場面生動極了！

五分鐘到了，第一組的人並沒有全部玩到，我真為她們感到可惜！他們猜出的卡片是七張，接著換我們組了。我感到有點緊張：真的要在這些人面前飆英語嗎？等我回過神來，發現Angel正喊著：「下一個人是誰？」我站出來回答：「我！」

我不管了，跑上去，頓時間忘了觀眾，只在乎完成自己的「使命」。

第一張卡上的單詞真的把我難倒了──「冷板凳」！

「你現在坐在哪裡？」我用英文問我的夥伴。

「椅子。」那個人回答。

「不是，換個詞。」

「凳子。」

「再換個詞！」

「就椅子啊！」

「啊──」我痛苦的慘叫了一聲。

我描述來描述去，可這題實在是有點難！於是我喊了「pass」，瞄了下組長，感覺他很著急，他會不會覺得我很沒用？算了，來不及想這些了。下一張來了──「走音」。我本想故意唱個走音的歌，但是我覺得這太瘋狂，於是就用英語描述道：「一個人在唱歌，聲音非常難聽，完全不在調上，兩個字。是什麼？」那個人一次就猜中：「走音！」「對了！對了！」我激動地叫著，還好，我沒有給我們組拖後腿，心裡鬆了一口氣。

然後就是我猜了，我坐在椅子上，站在我前面的人用英文問：「這是一個國家，三個字，我們在感恩節會吃什麼東西？」

「火雞。」我用英文回答。剛說完，我明白了，「土耳其！」我猜道。

「對了！」

在英文中，「火雞」和「土耳其」的發音一模一樣，所以我才能在這麼短的時間裡猜中，我滿臉欣喜，開開心心地回到座位上，靜靜的觀看著其他人的比賽。

　　不一會兒，五分鐘結束了，我們組很團結，所有人都玩到了，成績是八張卡片。

　　接下來就是第三組了，由於他們轉移「陣地」到牆角，我沒有辦法看到詞卡，不過也可以趁這個機會跟他們一起猜！

　　我聽到描述的人說：「它是一種蔬菜，又長又綠，兩個字。」聽到這裡，誰都能猜出，肯定是「黃瓜」。可是「奇跡」來了，只聽到猜的人叫道：「胡蘿蔔！」大家聽了都捧腹大笑。描述的人簡直快崩潰：「都說了兩個字，再說，胡蘿蔔是綠色的嗎？」看看實在不行，那組喊了「pass」，描述的人告訴給他答案：「是冬瓜！」什麼，冬瓜？按照他的描述，誰都會想到「黃瓜」吧！這兩個人的思維也真是！

　　結果，他們組的成績只有五張卡片。

　　二十分鐘過去了，遊戲也玩完了，獲勝者很明顯──第二組！Angel手上拿了個袋子，另外一個老師抱著一堆書包向我們走來。分發完書包，大家都很想知道Angel的袋子裡究竟裝著什麼，只見她拿出一個個小電風扇，等發完後，發現有一個女生沒發到，Angel這才想起來，她把一個電風扇放到辦公桌上，忘了拿過來，她對那個女孩說：「等一下你跟我到辦公室拿吧！」我想：這也太麻煩了吧！反正我也用不著，就給她吧！於是我對她說：「我不用，給你吧！」她懵懵懂懂地接過去，對我說：「謝謝。」

　　幾分鐘後，我們散會了。我跟大家說了再見，搭上了計程車。在回酒店的路上，我激動的心情依然不能平靜。原來，我在臺北，一個陌生的地方，也能認識朋友啊！大家都很友善，我想要更近一步去了解他們！

到酒店跟媽媽會合時，已經是下午三點，我們提著大包小包，再次來到高鐵車站。我跟媽媽和妹妹不停地說著今天聚餐的事情，她們聽得津津有味，笑聲不斷。

　　不知不覺，時間過得好快，我們的列車已經啟程。再見了，臺北！你的魅力，我永遠不會忘記，如果有機會，我會再來看你的！

依依惜別遊子情
——寫在去美國留學的前夜

　　9月2號，就是我從香港啟程去美國留學的日子了。想當初，我和媽媽只用了短短三天的時間，就將我未來四年的留學敲定了，一切都感覺不太真實。從來沒想過會離開媽媽這麼久，這次，我必須接受現實。

　　總覺得這一切來得太倉促，讓我有點兒緩不過勁來，我只把它看成一個「玩笑話」。但是，當我到臺北聽完行前說明會時，我清醒了：這次是真的，只有我一個人，它不是玩笑，這關係到我的未來，我的夢想，我必須清醒，不能再傻楞楞地浪費時間了。

　　經過對這所學校的一番仔細研究，我發現，我能夠被容納進這個集體裡，來自不同國家的學生，會讓這個校園充滿五彩繽紛的文化氣息。我對它充滿了期待，迫不及待地想要去體驗不一樣的生活。

　　整個暑假，我們都在臺灣度過。家裡的人都覺得我很棒，不停地稱讚我，說我是爸爸媽媽的驕傲。但是，我並沒有陷進這樣的「虛榮」裡。留學沒有什麼，如果不努力，不管到哪裡都沒有用，重要的是看到自己通過努力得來的成績！

即將回大陸前，姑姑請來許多親戚，專門為我辦了一個聚餐。大家在一起熱熱鬧鬧，大人們的談話聲，小孩們的嬉鬧聲，大家與我合影的「喀嚓」聲，美食散發出來的香噴噴的氣息……讓這個聚餐變得愉快而充實。我感受到了大家對我的留戀與深深的祝福。

　　為了整理我去美國的行李，我們在8月27號就回到大陸。一看到有那麼多繁瑣的小東西要帶，怕行李不夠裝，擔心這，操心那，人都快崩潰了。但是，這也是沒辦法的呀，我和媽媽用了兩天的時間，把兩大件行李精簡再精簡，終於收拾妥當了！

　　有一天，服務生送來一份快遞，我代替媽媽簽了字。拿著極小的盒子，心想：是什麼東西，這麼小？一打開，竟是去美國用的轉換插頭！我頓時感動了：我怎麼也沒想到，這麼個小插頭，卻是去那裡不可缺少的東西，媽媽替我想得真周到！要是沒有她，我該怎麼辦呀！

　　暑假期間，我也沒有跟同學斷了聯繫。就在8月30號，妹妹開學的前一天，姜雨婷、Tina、沈嘉怡，簡紫盈和我，我們5個好姐妹一起約出去玩，我們坐在餐廳裡聊了會兒天，大家不亦樂乎，誇張的笑聲笑出了我們堅定不移的友誼。

　　姜雨婷知道我們幾個喜歡做甜點，即使她不擅長，也不太有興趣，但還是在我們來之前就預訂好了。我們五個人用著北斗導航走啊走，不知走了多久，竟走到一個小社區裡！是要在別人家裡做嗎？五個人在樓下猶豫了一會兒，猜測著各種危險的可能，每個人奇特的想法惹得大家哈哈大笑。但是，透過電話裡的聲音，又感覺那個女人是好人，於是，我們就懸著一顆心搭上了電梯。

　　一進去才知道，這真的是一間甜點店，面積不大，牆上貼滿了照片，是老闆娘和每位客人的溫馨合照。早在我們來之前，裡面就有4位客人了，他們正在做兩個小蛋糕。兩個爸爸帶著兩個小孩，這場景是多麼的幸福！可是，這麼「偏僻」的地方，他們究竟是怎麼找到的？不過，看到這些，我也放心了。我和姜雨婷合做一個蛋糕，選的是芒果慕斯。繳完錢，我們二話不說，就動手做了起來，我倆生疏的手法惹得大家嗤嗤發笑。就這樣，我們一邊聊天一邊「工作」，用了將近4個小時的時間，終於把蛋糕做成了。我們做的是愛心形狀的，感覺還挺像個樣。最後，大家都端著自己的作品留了影，紀念這美好的一刻。

　　做完蛋糕，已經是晚上7點多，我得趕快回家了。唉！又是離別的時刻。朋友們都不捨地說：「你一定要回來看我們哦！」

　　「你們放心，明天我妹開學，我還會回學校一趟的。」我向她們保證。

　　「可是你沒辦法見到我了呀！」站在一旁的簡紫盈沮喪地叫道，因為她已經轉學到香港了，我明白，這是有著特殊意義的一刻。

　　「哎呀！沒關係，聖誕節我回來看你就好啦！好了，我要回去了，拜拜！」我跟簡紫盈緊緊地抱了抱，就朝地鐵站奔去，心想著：我永遠不會忘記你們帶給我的快樂，你們是我最好的朋友，我們的友誼將會永世長存！你們的出現，是我人生中的幸運！

　　8月31號很快就到來了，我和媽媽送妹妹去學校。一路上，我看著身旁的風景，聞著熟悉的氣息，這可是我走了8年的路啊，我是多麼地不捨。

不知不覺中，東方學校到了。這裡沒有多大變化，還是以前的模樣，校園裡種滿了花花草草，被鳳凰山圍繞著是它的特色，這裡能與大自然很好地接觸，它的親切也依然能讓我感受得到。

　　幫妹妹整理完行李，就送她到一間貼有「初一」兩個字的教室。想到她已經成為一個名副其實的初中生了，心裡總感覺怪怪的。想當初，我也經歷過這個階段，對一切事物都充滿了好奇，後來，又開始用不同的眼光去重新認識這個世界。現在回首，時光如梭，已經過去兩年了，也不知道我是在什麼時候「偷偷」適應了更成熟的生活。歲月既漫長，又短暫，容易被人忘卻，也常常被人銘記於心。我們用心過著每一天，但是，「生活」總會給我們帶來挫折，這是你欣賞這世界必須付出的代價。

　　有時候，難過會使我們一時認為，時間會為你停留在這一刻。當你從陰影裡走出後，心情彷彿雨後的彩虹，讓你積極尋找著生活的樂趣。就這樣，在快樂與傷心的交替中，我們不知不覺地度過了好幾年。甚至有時候回憶起往事，還會感慨：「真沒想到，已經過了那麼多年。」

　　以前，還在上幼兒園的時候，從沒想像過自己上小學的樣子，急切的盼望讓我覺得不會有那一天，我經常問媽媽：「你是怎樣上完這麼久的學的？」在期盼中，我盼來了小學，又在盼望中，等到了初中。一切都來得太快，而等待，卻又是這麼地讓人心急。

　　不過我相信，只要專注於這一秒的生活，做著自己喜歡的事，就讓時間悄悄溜走吧。長大後，回憶起往事，發現自己並不

曾浪費青春，那時候，我定會為自己感到驕傲。

　　媽媽還在教室陪妹妹整理學習用品，而這時，我已經開溜了，我要去見已經升上9年級的同學。

　　找到那間教室，我偷偷地從後門探進頭去，咦──怎麼只有三個人啊！不過其中的兩個是姜雨婷和沈嘉怡，她們都在玩手機。唉！一群「低頭族」！忽然，我「砰」的一下跳進教室，三個人，包括躲在門背後的張晨曦，都受到了驚嚇，她們一抬頭看到我，都很驚喜。

　　「班長！」張晨曦跑過來了。

　　「老黃！嘿嘿。」沈嘉怡叫起了她給我起的綽號。

　　「兒子啊！」姜雨婷則頑皮地叫著我。

　　「hello！我回來了。」我對她們笑了笑。

　　我搬了把椅子，坐到沈嘉怡和姜雨婷旁邊，開心地和她們聊著天，敘著舊，有說有笑。過了20分鐘，我說：「好了，不跟你們聊了，我要去見賴老師了。」（他們知道，賴老師是我讀八年級時的班主任。）

　　說完，我就離開了教室。

　　在去老師辦公室的路上，無意間，隔壁班的女生從玻璃窗後面看見了我。

　　「啊！黃詩倩耶！」這次是我受到了驚嚇，沒想到，平時跟我交情並不深的她們，現在看到我，竟是這般親切。幾個女生跑到門口來，把我拉進她們的教室，裡面還有兩位女新生。

　　「真的好捨不得你哦！你走了，我們怎麼辦，以後考試，還會有誰專門跑到隔壁班，在講臺上跟我們講復習的重點？」一個女生真誠地說。

「你別走好了，就留在這兒吧！」另一個人開玩笑地挽留我。

「你什麼時候走啊──去美國？」旁邊的人關心地問。

「9月2號。1號，我要先去香港住，不然，2號早上九點的飛機趕不及。」

跟她們聊了一會兒，我看了看手錶，說：「我要去找賴老師了，先走嘍！拜拜！」

「再見！」大家齊聲對我說。

我先去見了我的英語老師Chelsea和科學老師Anna，她們見到我很吃驚，也同樣捨不得我走。最後，我來到賴老師的辦公室。

一直以來，賴老師都是個淡定的人，一看見我，也不驚喜，只說了聲：「哎，你來啦！」我早已習慣了，於是在他辦公桌前面的椅子上坐了下來。賴老師簡直就是個工作狂，就連跟我講話的時候，也是盯著那臺電腦，他眼鏡的鏡片都已經厚到不行了，但是敬業的態度始終沒有變。不過，除了當個稱職的工作狂，他還喜歡了解臺灣的政治以及大小事，有時候甚至比我還熟悉。

他是廈門大學英語系畢業的，後來轉教歷史，修過法律，對政治也瞭若指掌，很有自己的見解。我剛跟他談起今年臺灣的重大新聞──「高雄氣爆」，就接到媽媽打來的電話：「準備走嘍！」

我向老師要了個紙杯，裝了滿滿一杯水，小心地端在手上，說：「老師，我要回去了。再見！」

「再見，記得多發點微信，讓我們知道你在那裡的生活。祝你一路順風，在那裡取得好成績！」賴老師真摯的祝福，讓我感覺很溫馨。

其實，我裝的這杯水不是給自己喝，而是給沈嘉怡的。剛才進教室，她就一直喊口渴，飲水機換了新的，外面也沒有水桶，所以很希望我幫她找一杯。當我把水送到教室時，她看到我手上「救命的水」，馬上跳起來叫道：「老黃，你真是我的大救星！」沈嘉怡接過水杯，咕嚕咕嚕地一口氣喝下去。

「我要走了！三個月後見！」我依依不捨地跟沈嘉怡抱了抱，姜雨婷不知跑到哪裡去了，更可惜的是，Tina還沒來，看來，這次只能無緣地錯過了。

沒有時間了，現在，我最需要道別的人就是Amy──我的妹妹了。很顯然，她身邊的一切都轉變得太快，突如其來的新鮮感讓她迫不及待地想跟同學們分享。但是，她還是緊緊地擁抱了我，接著就是要親我一口，我連忙推開她的頭，笑著說：「這……我真的不能接受啊！」

「好啦好啦，我不親嘴，就親臉。」

「什麼！你還想親嘴！才不要勒！」我「嫌棄」地說。

妹妹終於在我的掙扎下放開我，說：「哼！不親就算了，到時候，你再跟我線上視頻好了。拜拜！」說完，妹妹就蹦蹦跳跳地回新教室了。我和妹妹都不是理性的人，就連姐妹之間的離別也是開著玩笑的，只有這樣，才會讓彼此感到輕鬆愉快，為何不這樣呢？

我和媽媽終於完成了今天的重大任務，手牽著手回家了。

晚上，我躺在床上想：爸爸已經回臺灣了。現在，我最後一個要離別的人，就是媽媽了。到時候在機場，我會不會哭呢？就算有很多的聊天軟件，可是看不到人，心裡還是會掛念的。我揣測著自己的心，幻想了許多的場景，就這樣漸漸地進入

夢鄉。

　　我無法相信會有離開媽媽的那一天，跑到如此遙遠的國家，沒有她的地方，一個人在那裡先度過漫長的「三個月」。但是，這是「殘酷」的現實，為了我的夢想去留學。我知道，我在那裡花的每一分錢，都是爸爸媽媽曾經的汗水。他們給了我無盡的愛，無限的支持，和無憂無慮的生活，這是我幾世都還不完的「債」。現在，我只能用成績來回報他們，讓爸爸媽媽可以光明正大地「炫耀」我，說我是他們的好女兒。

　　離別的時刻還沒有來臨，但是我的心忐忑不安，對自己的獨立本事，我還存著些許的懷疑。時間正一分一秒地逼近，我的心情也越來越緊張。為什麼人生總會有「離別」？我傻乎乎地想：要是人沒有感情，到分別的那一刻，是不是會好過一些呢？

　　唉，暫別了，我的第二故鄉，我的學校，我的同學，我的親人！

二、快樂的旅行

　　我查了一下資料，清代有個叫錢泳的人在他的《履園叢話》中說：「讀萬卷書，行萬里路。」錢泳的話，說到了我的心坎上。告訴你，我太喜歡旅遊了！我知道，南北朝時期的酈道元是個著名的旅行家，唐朝大詩人李白是個大旅行家，明代的徐霞客，也是個大旅行家。

　　哎喲，人在旅途，該有多少說不完的快樂啊。不信嗎？請隨我去馬爾地夫走一遭試試，請跟我去紐西蘭走一趟試試？你若不具備出遠門的條件，那麼，就到江浙一帶去走走吧，你一定會有意想不到的收獲！現在，請跟我一道行動起來──

有趣的馬爾地夫之旅

飛往馬爾地夫

好爽啊！這次寒假，媽媽帶著我和妹妹一起去了馬爾地夫。哎喲，馬爾地夫的天空真乾淨，海水真清澈，沙灘真柔軟，景色真優美！怎麼樣，你想不想跟我一起走近馬爾地夫，和我一起去分享這美好的旅行？

2012年1月10日，我們乘計程車來到深圳灣口岸，辦好手續後，又坐大巴前往香港機場。一路上，我和妹妹有說有笑，時不時還會幻想著馬爾地夫的風景，我們一路笑聲，一路歌聲，快樂極了！

在歡聲笑語中，我們來到候機樓。我問媽媽：「媽媽，去馬爾地夫要坐幾個小時的飛機？」媽媽回答道：「6個半小時。」

「什麼！這麼久！」妹妹大叫一聲，「還要不要我活了！」

可我得意地說：「這算什麼？哪像我去紐西蘭，要坐11個小時的飛機呢！」妹妹聽了，調皮地做了一個暈倒的動作。

廣播喇叭裡，女播音員用甜美的聲音提示我們：「前往馬利（馬爾地夫首都）的旅客請注意，登機門即將打開，請各位旅

客開始排隊。」話音剛落，我和妹妹就跑到了登機口，搶了個第一。等阿姨把機票存根撕下來後，我們就迅速地跑進機艙裡。不久，飛機起飛了，它穿過白雲，翱翔在藍天。在這漫長的6個半小時裡，我一直在想：到那裡後，我的語言會不會通？我能不能融入到美麗的旅遊勝地裡去……

我們順利地抵達了馬利。剛出機場，迎面撲來一陣熱風，是好客的馬爾地夫人給我們的見面禮吧，我忍不住脫掉身上的羽絨服。

媽媽說：「這裡地處赤道，是熱帶氣候，沒有四季之分，所以這裡永遠都是夏天。」我恍然大悟，難怪一出機艙就這麼熱呢。

出了機場，我們乘坐快艇來到馬利酒店，因為時差關係，這時已經是馬爾地夫晚上10點。酒店裡的冷氣盡情地吹著，讓我們有回到深圳的感覺。前臺的服務員全都是黑人，他們很熱情。

這時，一位小姐走到我面前，向我說明明天的行程，我有點膽怯，不知如何應答。媽媽說：「你的英語沒問題的，你跟她交流吧。」媽媽的話鼓起了我的勇氣，我開始跟導遊小姐愉快地交流，我發現，我的英語水平還是不錯的。

美麗的狄娃島

經過一晚上的休整，我們的體力得到很好的恢復。起床後，我們走出酒店大門，邁向這趟馬爾地夫之旅的目的地——狄娃島（Diva）。

首先，我們來到停棲著水上飛機的地方。你沒想到吧，飛

機居然能停在海面上！正當我欣賞著這些飛機時，媽媽說：「待會兒，我們就要坐水上飛機去狄娃島！」我聽了，激動得一蹦幾尺高，妹妹也跟我一樣很興奮。

8點了，媽媽帶著我和妹妹一起上了飛機。本以為飛機上空間很大，上去一看，小得可憐！可是，這是去狄娃島唯一的交通工具，空間再小，也得忍著。

飛機啟動了。剛開始，飛機在水上由慢到快地滑行。接著就起飛了。通過透明的窗子，我看到了湛藍的天空，波濤洶湧的大海和乳白色的沙灘。最令我感到訝異的是，在飛機的機翼下，分布著許多島嶼，這些島嶼大的大，小的小。媽媽說，這些島嶼都是馬爾地夫的。

25分鐘後，我們降落到狄娃島。

走下飛機，我抬頭一望，天更藍了；我看看腳下，水更清了；再蹲下來，沙子更細膩了。雲朵在空中不斷地變幻著形狀，海浪用力地拍擊著海岸，海鳥用清脆的叫聲迎接我們的到來……一切都顯得那麼的美好，那麼的迷人。

不一會，我們到了會所。有位小姐給了我們一張地圖，還交給我們住兩天沙灘屋的鑰匙。走出會所，我攔了一臺電瓶車，對司機用英語說：「可以帶我們去238房嗎？」

「當然！」司機回答得很爽快。

一路上，我發現這座島上有很多綠樹，你走到哪兒，花草樹木一定陪伴著你！媽媽對我說：「不止這個島這樣，其它島上也是。」我用力地做著深呼吸，島上的空氣非常清新，給人的感覺像吸進去的純氧！很快，我們到了238房間門口。我急忙向媽媽要鑰匙。

剛走進房門，我感到一絲清涼。房頂是用木頭做成的，床很柔軟，越躺越舒服，燈的形狀是三角錐，房間還帶有陽臺。推開門，沙灘和大海就呈現在我們眼前，當然，不會讓你站著看海景的，外面配有沙發、桌子和兩把做日光浴的椅子。最特別的是，沙灘屋的浴室竟然在室外！不過別擔心，浴室有高高的圍牆和大樹護衛著，你根本不用擔心被偷窺。

我有些等不及了，連行李都不拿，直接換上泳衣，就奔向大海。我朝海水撲過去，「啊，好鹹！」我大叫一聲。這時，媽媽走出來，笑著對我說：「大海的水是非常鹹的，吸取教訓了吧！」

等我洗完澡，已經是中午，該吃午飯了。昨天，媽媽在會所時就打聽到一間餐廳，今天的午餐，我們決定到這家「The island kitchen」去吃！

一路上，我和妹妹問了好幾位當地居民，終於把這間神秘的餐廳給找到了。

走進餐廳，許多黑人向我們打招呼，讓我倍感親切，我很願意接近他們。再看看那裡的餐點，真不錯！是我最愛的自助餐，還有我喜歡吃的披薩、冰淇淋、奶油湯、咖哩、起司、飲料和一些五彩繽紛的甜點。那裡的食物品種繁多，彷彿全世界的美食都集中到這裡了，看了讓人垂涎三尺。

媽媽對我說：「這家餐廳有一個特點是，同一間餐廳，每天會變換不同國家的風味。像我們待的這幾天就有摩洛哥、墨西哥、馬爾地夫和法國自助餐，這些風味都是你沒吃過的，你也許不習慣！」

「不！就因為這樣，才好玩！」我不同意媽媽的看法。

　　我選好自己的餐點，找個座位就開吃了，餐點滋味如此美妙，讓我撐成個大肚子，我都有些喘不過氣來了。

　　怎麼樣，第一天的旅程，挺有意思吧？

　　第二天起床的時候，媽媽顯得格外高興，她笑瞇瞇地對我說：「今天，我凌晨5點就起床了，去拍日出，美極了！」我一聽，跟妹妹一起搶奪起攝像機來，我們貪婪地翻看媽媽拍的海上日出照片。正看在興頭上，媽媽說去吃早餐了，我們只好停止「戰鬥」。

　　出門前，我想起昨天見到的老外幾乎都是打著赤腳，因為小島上的路都是用細沙鋪成的，鬆軟又潔淨，那我們今天是不是也可以打赤腳呢？我把這個想法告訴給媽媽，媽媽欣然同意了，妹妹也舉雙手贊成。這一整天，我都光著腳丫子，在沙地上、海灘上跑來跑去，像一隻快樂的海鳥。

　　第三天的早上，我們從沙灘屋搬到了海上屋111號。陽臺上，有一個樓梯是通往大海的，現在我們可以更方便地游泳和看海了。站在陽臺上，蔚藍的大海就在我們的腳底下！妹妹問我：「你覺得這裡好還是沙灘屋好？」我的回答有點猶豫不決：海上屋比沙灘屋寬敞、舒適，但是沙灘屋的浴室卻比這裡有特色。唉，選不出來啊。我只好說：「各有各的特色，沒法兒比！」

　　下午，我們去上了一堂免費的烹飪課，這堂烹飪課主要教大家怎麼在餅乾和蛋糕上做裝飾。首先，老師讓我們穿上他們的廚師服，戴上廚師帽，接著，為每個小朋友準備材料，之後就由我們用糖漿和果脯，任意在餅乾和蛋糕上面做裝飾。我在第一塊餅乾上畫了一個粉紅色的小熊，在第二塊餅乾上寫了我的英文名字，並用一些果脯做花邊，我還在小蛋糕上用白色糖漿擠出一些

白色的小點點，看上去像撒出去的星星，一切都顯得很完美。最後我還和我做過裝飾的餅乾合了影呢！

晚餐和往常一樣豐盛，但這次進餐的時間很短。隨後，我們三個人就在夜空下散步。走著走著，我突然發現離我們不遠的地方有一張吊床，我和妹妹連忙跑過去。當我們躺到床上，夜空在我們頭頂鋪展開來，我們被驚呆了——原來我們頭上有那麼多的星星，猶如一顆顆閃亮的鑽石綴在夜空中，它們閃閃發光，怎麼數也數不清。

這時，媽媽朝我們走來，看著天上的星星說：「沒錯！這就叫做滿天繁星，現在，國內的工業汙染太嚴重，我們幾乎沒法見到星星，而馬爾地夫是世界上環境保護得最好的國家之一！」

我正看得入迷呢，媽媽一聲令下：「走哦！」我彷彿從睡夢中被驚醒似的，很有些依依不捨。

一回到屋裡，我就開始難過起來，明天，我們就要離開馬爾地夫了，這麼好玩的地方，這麼迷人的風景，怎麼就要跟它說再見了呢？好在我還有一點開心，因為我急著要與大家分享在馬爾地夫的感受，還有那些美麗的照片。於是我打開電腦，把照片放進我的相冊，把我的感受用鍵盤烙在我這既傷心又興奮的記憶裡。

再見，馬爾地夫！

今天是我們回國的日子。老樣子，還是早上8點鐘起床，吃完早餐，9點在會所集合，10點辦理退房，12點半吃中餐。到下午4點25分，我們又坐水上飛機來到馬利機場。辦理好手續後，

我們有很充裕的時間買東西。店裡的商品琳瑯滿目，有掛飾、書籤、海報，手提袋……總之，一個比一個吸引人的眼球。半個小時後，媽媽買了一個用芒果木制成的精緻水果盤，一個古典的花瓶，一罐芒果茶，兩支漂亮的筆和我夢寐以求的巧克力。

　　上飛機後，是因為這幾天玩得太累了吧，我開始沉沉地睡去。等我醒來的時候，飛機已經降落在香港機場。

　　回國許久，馬爾地夫美麗的風景依然歷歷在目。那潔淨的天空，那湛藍的海水，那別緻的異國風情……無不趁隙在我的大腦裡回放。這次度假讓我增長了見識，給我的生活添了很濃的詩情畫意。我想，世界上本應該都像馬爾地夫那樣美麗的，人類無節制地擴張摧毀了無數個大大小小美麗的「馬爾地夫」，那是讓人多麼痛心的事情啊！

　　我想，我還會去馬爾地夫的，同時，我要誠心的推薦大家去那裡，讓你們回來的時候也像我一樣帶回笑臉，帶回好心情！或者，你還會帶回一顆對馬爾地夫無限憧憬的心！

紐西蘭遊學之旅

初到紐西蘭

2010年7月14日，我和老師、同學一起坐飛機去紐西蘭遊學。

11個小時之後，我們乘坐的飛機降落在奧克蘭機場，這裡是早晨6點多鐘，天氣非常寒冷，可是，熱情的紐西蘭學校的校長還是不辭辛苦地趕了過來。

我們乘車先去學校，半個小時後，一所環境優美的學校展現在我們面前，那就是Owairoa Primary School，哇！我們好像走進了童話的世界。

放好行李，我們被請進接待室。在紐西蘭的學校，凡是新來的同學，都要先安排到接待室上幾天課，才分配到班級。

接待室裡，許多Homestay（寄宿家庭）的家長已等在那裡，要接我們回家了！我看過資料，早已猜到我會分配到哪個家庭。當老師念到我跟張真將要去的家庭時，我依然喜出望外。

熱情好客的紐西蘭家庭

我們高高興興地來到「自己」的家。「爸爸」「媽媽」向我們介紹了他們的孩子，一個是8歲的女孩Brooklyn，另一個是男孩，3歲的弟弟Jack。接著，他們一家帶著我們去參觀房子。這棟房子有兩層，還有個花園，很漂亮。頂層是我們的房間，裡面擺了兩張小床，一臺電視機，一個大衣櫃，兩盞臺燈，還有寫字臺……房間裡設備齊全，各種家具擺放有序，顯得很整潔。

這家紐西蘭人很熱情，讓我們緊張的情緒漸漸緩解，我們就像一家人一樣在一起生活了。

接下來的日子，我們每天早上9點鐘上學，下午3點放學。上學前，「媽媽」會精心地為我們準備好飯菜，讓我們帶到學校當午餐。午餐一般吃的是三明治、水果，還有喝的，味道真不錯！

「爸爸」是個帥氣的中年人，他身材高大，說話挺幽默，常常引得我們大笑；「媽媽」很友善，把我們當做自己的女兒一樣。有一次，張真拉肚子，「媽媽」緊張得不得了，問明情況後，趕緊給她藥吃，她真是個好「媽媽」！

住了一段日子，我跟Brooklyn和Jack成了好朋友，我們一起做遊戲，一起玩蹦床，一起討論問題。Brooklyn常向我學習中文，她最先學會的一句話是「你好」，然後是「再見」，但是語氣怪怪的，惹得我們捧腹大笑！

友善、熱情的「爸爸」「媽媽」，可愛善良的姐姐弟弟，再加上我們兩個，組成一個完美的家庭，這個家一下子變得熱鬧起來。

不一樣的課堂

給我們上課的是Mr. Church，他是一個幽默的老師。課堂上，老師坐在椅子上講課，學生自由地坐在地毯上聽課，感覺很新鮮，很自由。沒想到，老師上課，有時居然也坐在地上，而學生聽課不用拿書，也不用做筆記，這在中國可是罕見的！討論問題時，同學們個個積極發言，比中國的孩子有主見。

除了英語難一點之外，其他的科目都很簡單，比如數學，上初中了，他們竟然還在學乘法口訣，我在國內的數學成績不是太好，來到這裡，居然成了數學天才！我想，要是我能一直在這裡上學，那該多好啊！

這裡的學生上課時紀律很好，老師「噓」一下，全都安靜了，不像在國內，有時候，課堂上亂哄哄的！

這裡的課堂，讓我感覺很輕鬆，很快活，比起國內來，我更喜歡這裡！

豐富多彩的課外活動

每周三，學校會組織我們到外面去玩，印象深刻的是去遊覽天空塔，它是紐西蘭最著名的景點之一，也是當地最高的建築物。上了塔頂，你會感覺塔身在晃動，但是請放心，它不會倒塌的！

我們還去看了Mount Eden（伊甸山），它是一座休眠的火山。聽說這座火山在兩千年前爆發過，爆發時一定非常壯觀，現

在我們看見的火山口是凹進去的，很特別！

我們還去過很多好玩的地方，到處都那麼美，那麼讓人流連忘返。

再見，紐西蘭！

快樂的日子總是那麼短暫，一個月過去了，我們就要回國了。

同班同學都捨不得我們，給我們做了美麗精緻的賀卡；「奶奶」送給我很多精美的小禮物；「爸爸」「媽媽」送給我「全家福」照片；臨別時，弟弟都傷心地哭了，搞得我也眼眶紅紅的……

再見了，紐西蘭！再見了，敬愛的「爸爸」、「媽媽」！再見了，和藹的老師！再見了，親愛的同學……

「三八線」和青瓦臺
——韓國之旅（一）

2013年國慶節，媽媽帶著我和妹妹一起去了韓國。韓國是我們一直很想去的國家，媽媽說韓國的化妝品和護膚品既實惠又好用，還說韓劇裡，那些女明星穿的衣服都很時髦，而且她很想吃那裡的泡菜。聽說韓國的菜幾乎不放油，一個家庭，一瓶500毫升的油可以用半年！這樣一來，我的減肥計劃就不會被破壞，可以放開吃……一想到這裡，我心情好激動！於是我滿懷欣喜地登上前往韓國的飛機。

飛機經過三個小時又四十分鐘的航行後，我們就踏在了韓國的土地上。

剛下飛機，一股寒氣向我們撲面而來，我趕緊披上外套。抬頭一看，天是湛藍的，做一下深呼吸，清涼的空氣流淌在體內，好舒服。

我們的導遊叫金英玉，個子不高，純粹的韓國人，在中國大陸待過四年，中文說得非常流利。她帶著我們來到一家中國人開的韓菜餐廳，當然，它的菜帶有一些中國風味，估計是怕我們第一天來就吃正宗的韓國料理不習慣吧。我細細地品嘗著火鍋，真的沒油，卻好吃！自從我減肥以來，從來沒有像這一天吃得那麼多。

　　飯後，入住酒店。酒店的地上鋪著柔軟的地毯，房間裡有兩張床、一張桌子、一臺大電視、兩張沙發，浴室差不多有十平方米，看到房間如此豪華舒適，我的身心跟著放鬆了。

　　第二天早上吃早餐，韓國人提倡節約，酒店早餐都是自助式的，吃多少拿多少。餐廳分為三個區，第一區主要以西式風味為主，有麵包、吐司、蛋糕、麥片、牛奶等；第二區主要以日本和韓國風味為主，有壽司、烏龍麵、生魚片、泡菜等；最後一區則是中國風味的，有小籠包、炒雞蛋和其他炒菜等。各種美食都被做得非常精緻，色香味俱佳，不用說，我的肚子又吃得鼓脹起來。

　　飯後，我們坐車去南韓和北韓的分界線。一路上，導遊不停地給我們講解它的歷史背景，她說：「這個六二五事變真的帶給人民很大的傷害，像我的阿姨和叔叔，戰爭後與我們分開到了北韓，現在是死是活都不知道。我們中間就隔著一條江，江上有一座橋，但我們只能遠遠地望著啊！」聽到這裡，車上的人都不禁為他們難過起來，包括我也是，那種與家人分隔兩地卻不能相聚的心情，我能體會到。

　　不知不覺，我們到了南北韓的分界處──北緯38度線。首先，我們走到一座許願牆面前，我看到上面人們寫上去的願望，幾乎都是希望「統一」，這下，我可聽到了韓國人的心聲！

　　我們繼續走著，來到封鎖線，仔細一看，鐵絲網上纏著無數的電纜，不能再過去了。我又跑上青閣樓，真不敢相信眼前的一切，南韓和北韓中間，真的只隔著一條江和一座橋，不用望遠鏡都能看到北韓。我心想：明明雙方離得那麼近，為什麼就不能好好團結呢？害得有些人失去親人，永遠無法見面，你們知道人民渴望統一嗎？許願牆上掛著多少人的心願啊！

下午，我們去參觀了青瓦臺——韓國總統居住的地方。確切地說，我們是來參觀總統府前面的「總統紀念館」。紀念館裡面展出每位領導人的生平、功績等，我看得很認真。紀念館其實是在廣場裡邊，廣場與青瓦臺只隔著一條馬路，外面戒備森嚴，幾步路的距離就有一個衛兵。想著總統就在裡面辦公，我好想走進去！這位女領導人住的地方真夠大，既豪華又氣派，花草樹木被安排得井井有條，構成了一個對我來說遙不可及的世界，我被這美麗的景色吸引著。導遊忽然說：「有一次，我帶著一個馬來西亞團來這裡，剛好總統帶著她的狗來廣場散步，有的人跑過去跟她握手、拍照、擁抱，她都熱情地接受了。」那些人好幸運啊！我也做著這樣的白日夢，可是等了好久，始終沒有人出來，我只好失望地走了，還一步三回頭，有點不甘心啊！

晚餐，我們吃的是正宗的石鍋拌飯。這是一家老店，他們用純韓石做的石鍋拌飯，吃起來雖然燙嘴，但是很爽口。我吃了一大碗拌飯，仍只有七分飽的感覺，哦！真是人世間的美味呀！

第二天，我們去參觀了朝鮮時代和新羅時代的皇家建築物，那些建築很有特色，地上都鋪滿了沙子，原來，以前人們都穿草鞋，走在沙地上，能發出沙拉沙拉的聲響，這樣就能讓住在裡面的人時刻知道外面的動靜，告誡人們注意自己的安全，提高警覺。

在這裡，我看到許多精緻的古董，那些古董，制作的工藝真精湛，有些東西，以現在的技術，都很難做成，我真感嘆古人的智慧呀！

兩天的韓國之旅也告一段落，我對這次旅行非常滿意，請大家拭目以待我的〈韓國之旅（二）〉吧！

濟州島有趣的見聞
——韓國之旅（二）

　　來到韓國的第四天晚上，我們旅行團乘坐飛機去了韓國的外島——濟州島。它有首爾市的三倍大，由山環繞著，被水包圍著。

　　次日早上，我們去參觀著名的世界文化遺產——《大長今》的拍攝地。導遊說：「濟州島是沒有汙染的，除了汽車排放的廢氣外，那裡沒有一家工廠，只有一個水電站。所以來到這裡，大家可以盡情地呼吸這裡的空氣，對身體很有好處的。」

　　開車一個小時後，我們到達目的地。一走進去，呈現在我們眼前的是一片土黃色：不僅地是沙地，房屋是茅草蓋的，牆也是黃色的，我深深地感受到了這裡的古樸氣息。導遊阿姨帶我們走近一間房子，指著牆說：「在這裡，砌牆所用的石頭都是自然形成的，黏膠其實是用馬糞和牛糞混合而成的。」大家不禁發出一陣噁心的聲音。有人問：「那不是很臭嗎？」導遊回答：「不會的，因為這裡的牛和馬是不吃飼料的，都是吃的山上的草料，所以不臭。」牛糞馬糞竟然不臭！這令我難以相信。

　　我們繼續向前走，來到另一戶人家。導遊說：「濟州島上有三無、三多、三寶。三無是無門、無小偷、無乞丐；三多是石

頭多、橘子多、女人多；三寶是指獨特的自然環境、商人和海女。」

這裡每一戶人家都沒有門，但是他們有一個習俗——掛桿子。假如這棟房子的主人今天出去了，但是天黑之前一定會回來，門口就掛一根桿子；如果掛了兩根桿子，就代表主人兩三天後才會回來；掛三根的話，表明他遠行了，家裡無人，也不知道何時才能回來；掛四根呢，說明這是寡婦人家，不能進去，要是進去了，就出不來了。我覺得這種風俗很奇妙，很有趣。後來導遊阿姨給我們看了一個小缸，說：「這種缸，每家都會有一個。以前的大韓民族大男子主義特別嚴重，當女子對丈夫產生怨氣時，只會藉由打這個缸出出氣。以前濟州島的離婚風俗就是把夫妻兩個人的名字寫在這個小缸上面，然後由男人背著繞村子走一圈，最後再把缸砸了。這在當時是一種很大的恥辱，男人也是沒臉見人的。」

過了一會兒，我們走到掛著一張大長今照片的牆面前，每個人都與這張照片拍了合影。我想：我竟然踏在這片神奇的土地上，踏在李英愛等明星踩過的土地上，心中不禁激動起來。

我在這裡逛達了20多分鐘，盡情地欣賞了這裡古樸而經典的景色，它給我留下深刻的印象。不過，我的旅遊還沒有完呢，請期待我的〈韓國之旅（三）〉吧！

濟州島上的泰迪熊博物館
——韓國之旅（三）

　　在韓國的第三天下午，我們去參觀了濟州島上的泰迪熊博物館。

　　導遊說，這個博物館是一位韓國男明星開的，這位明星的名字我沒記清楚。導遊還說：「凡是來這裡參觀過的明星，博物館都會留下他與泰迪熊的合照，並把合照掛在牆上。」我看了看那面牆，上面確實有很多明星與泰迪熊的合照耶！我仔細地觀賞著每一張照片，發現有幾個明星，我也是認識的，像張根碩、李東旭、少女時代等。

　　這裡是免費入場的。哇！一進去，映入眼簾的全是琳瑯滿目的泰迪熊，它們有大有小，顏色、表情、形狀各異，很有創意。哈哈，我走進了一個熊的世界，感覺所有泰迪熊都圍繞著我轉，好溫馨哦！這裡面有博士熊，他的頭髮就像被爆炸的氣浪掀開似的，又像是從來沒有梳理過，那博士還戴著一副用鐵絲做成的小眼鏡，樣子好萌；這裡有結婚熊，這些結婚的泰迪熊各自穿著婚紗和新郎禮服，臉上露出幸福甜蜜的笑容，讓人忍不住要「祝福」他們呢；瞧，這裡是夏威夷熊，他們穿著花俏而休閒的沙灘褲，有的在衝浪，有的在做日光浴，還有些「小孩子」在沙

灘上堆沙堡，這個「熊」的世界因為有了這些「小孩子」變得更加迷人！

我認為這個博物館各方面考慮得很周全，建造者不僅結合了西方文化，還融合了東方文化，這裡有中國古代普通家庭結婚的新娘熊，新娘穿著豔麗的紅色棉袍，用一根富有中國味的竹籤插在盤起的髮髻上；這裡有古代皇后裝扮的泰迪熊，穿著雪白的棉袍，戴著誇張的頭飾，手輕輕地放在腹部，顯示出一種高貴的氣質。最引人注目的是一位古印度的女戰士，她的皮膚是棕色的，頭髮短得跟男人一樣，右手拿著長矛，左手拿著盾，穿著一身用樹葉做成的簡陋衣服，樹葉僅僅遮蓋著私處，一臉兇惡的表情，看來她正準備去戰鬥哩！

半個小時後，我們走出博物館。我深深地感受到了泰迪熊的「魅力」，這些泰迪熊太能治療抑鬱了，進博物館之前，無論你心情多麼沉悶，走出博物館時，心情都是愉悅和滿足的。

這時，導遊告訴大家，濟州島的橘子和橘子巧克力是特別出名的。於是我們跑到小攤上買了一袋橘子，剝開一吃，天哪！我從沒吃過這麼好吃的橘子！水分那樣的充足，像是時刻會漫溢出來似的，甜度是自然的甜，我驚訝得不得了。因為味道太美了，最後，我一口氣買了三袋，再加上一盒巧克力。

這次參觀泰迪熊博物館，真令我大開眼界！原來，一隻普普通通的棕色小熊，竟然可以變幻出如此多種的樣貌，太有創意了！同時也證明，人類的創新從來就沒有停止過。因為這創新，我們一定會給這世界創造出更加偉大的奇跡！

奢華的沈家
──江蘇之旅（一）

　　2014年7月9日，我和妹妹約了幾個好朋友，趁著過暑假，一同去沈嘉怡江蘇的老家。這幾天，所有人都會住在沈嘉怡家裡，她爸爸不僅會提供我們住宿，還會包吃包喝，真是慷慨！我怕會讓沈嘉怡的爸爸破費，不停地約束自己：要懂禮貌，尊重別人的生活習慣，還有，少吃點！

　　早上，我早早地起了床，想到期盼已久的日子終於到來，心情不禁變得激動起來。我和妹妹懷著滿心的期許，興高采烈地來到深圳寶安機場與同學們集合。這趟五天的旅行，讓每個人都充滿期待。一看，所有人都提著一個大箱子，天哪！到時候，沈嘉怡的爸爸得開多大的車來，才放得下這六個巨無霸啊！不過從箱子的大小來看，每個人都是做了充分準備的。

　　中午，我們在機場吃了頓香噴噴的飯，也不知道為什麼，跟同學一起在外面吃飯，甚至是坐飛機去個很遠的地方，心中難免產生好奇，總有一種說不出來的新鮮感。

　　吃完飯，我感覺肚子還沒飽！又轉移「戰場」，去「滿記甜品」，每個人又美美地吃了一頓。那些點心甜甜的，冰冰的，很受用。不要說我們太會吃，可是那天，我們的肚子真像是沒吃

飽，眼大，胃口也大，再說了，「吃」也是人生的一大享受嘛！

已經1點15分了，眼看離登機時間只剩下10分鐘，大家才知道著急了，我們邁著急速的步子向前走去，四處張望登機閘口的數字。走了好一會兒，終於走到目的地──62閘口。也沒什麼時間休息了，我們立馬背著沈重的書包去排隊。

我們幾個好朋友說說笑笑，沈嘉怡提醒我們：「哎！快到我們登機了，把登機票拿出來準備著吧！不然等下就上不了飛機了！」我聽了不屑地說：「慌什麼！我的登機票就放在包裡頭，到時候再拿也可以。」

終於輪到我了，我打開書包，咦──我的登機票呢？哎喲，老天在跟我開玩笑吧！我開始慢悠悠地找，相信它一定會現身。可是，我怎麼找也找不到，突然意識到事情的嚴重性，於是變得焦急起來。我翻箱倒櫃地找著，最後不由得出了隊伍，那張神秘的登機票始終不肯現身。我急得想哭：怎麼能在這個關鍵時刻出錯呢？剛才還不聽沈嘉怡的，你也太自信了吧！我深深地責怪著自己。就在接近絕望的一刻，那張登機票終於奇跡般地出現了──原來竟是夾在我的護照裡！我的心情頓時變得豁然開朗：原來這一切都是個大烏龍啊！哈哈！我覺得自己好傻，想想剛才焦急的樣子，實在是太滑稽。

1點25分的飛機，延遲到2點才起飛。飛機飛在雲端，我坐在窗邊，手撫在窗玻璃上，幾縷陽光照射進來，我的臉也輕輕地靠近窗戶，去接受陽光的撫摸。我靜靜地俯視著機身下的一切，潔白的雲朵簇擁成一望無際的大雪地，我真想在雪地上來場打雪仗！

雖然我已明白白雲的形成過程，但是從小到大把白雲幻想

成軟軟的棉花糖，甚至想吃一口的荒唐想法從來就沒有停止過。我欣賞著這優美的空中風景，不知不覺地沉浸在自己無限的遐想中。等我「醒」來時，已經是下午5點了，飛機正在降落，而我卻不敢相信，我即將踩著的，是江蘇的土地！

到沈嘉怡的家，已經是傍晚7點。沈嘉怡的爸爸和她矮小、可愛的奶奶熱情地出來迎接我們，對於他們的歡迎與接待，我表示無限的感激。

晚飯還需要一會兒，沈爸領著我們參觀他的家，並給我們分配房間。哇！他們這裡真的是太高級了，除了豪華，已找不到其他恰當的形容詞來描述了。這裡跟五星級酒店差不多，每個房間，包括廚房，都貼著門牌，牆上還有消防疏散示意圖，不知道的人，還真以為到了酒店呢，與酒店唯一的不同是——這裡有家的味道。

我和妹妹在203號房間安頓下來。打開門一看，浴室就在房間裡，除了明淨的玻璃，沒有任何其它遮蔽物，就連馬桶都看得一清二楚。我喜歡這種清新簡單的感覺，住著既舒服又方便。

10分鐘後，大家來到樓下的餐廳。這個地方更不得了！大大的圓飯桌，再加上自動旋轉的玻璃轉盤，真新鮮！沈爸說：「這個地方一般是用來請貴賓吃飯的，今天你們是客人，所以沈嘉怡特意讓我開了這間餐廳，你們也都餓了，好好吃一頓吧！」聽了這話，我感覺自己的地位頓時提升了許多：原來，我們也是沈爸眼中的貴賓！

這頓晚餐可說是豐盛到了極致，吃得撐死我了。看著一盤盤的菜被端上飯桌，每一樣都是色香味俱全，真是讓人想要一口全吃下！

晚飯後，大家都要活動活動，我先繞著靜靜的湖邊走了一圈，在涼亭裡休息了片刻，然後借了個籃球，就跟同學們開心地玩了起來。

「你去防守她呀！」一個人叫道。

「哎呀！你沒出三秒線！」另一個「敵人」喊著。

其實，我們對籃球的規則也只是略知一二，並不完全了解，也不打算去一一掌握，因為──沒有了複雜的規則，我們玩得更自由；沒有了死板的計分，我們玩得更輕鬆；沒有了技術的玩法，我們玩得更刺激！

就讓純真的歡聲笑語充滿這院子，化解這黑暗中的寂寞與憂愁吧！

如皋水繪園和小龍蝦
——江蘇之旅（二）

10日早上，才7點，我就被鬧鐘給吵醒，不得不「拋棄」那甜美的夢境，張開眼睛，才想起——我不是在自己的家。

我變得俐落起來，梳洗、整理完畢後，本想在沈嘉怡家的健身房運動1個小時，想了想，還是決定到外面去散散步，呼吸一下新鮮空氣。

我出了門，清新的空氣一股腦兒地向我撲來，眼前呈現的是大片大片的綠。我聽著音樂，悠閒地走在這片「綠色森林」覆蓋的小徑上，不知不覺繞到了湖邊，朝湖水裡看去，一條條紅色的鯉魚正悠閒地游來游去，它們說來就來，說走就走，像在給人們表演舞蹈一般，好不機靈！我繼續走著，來到沈爸他們公司大門的警衛亭，透過柵欄，放眼望去，對面全是些花花草草，再來就是接二連三的稻田。這裡的工廠少，人們非常注重環保，所以，這裡的空氣質量比深圳和北京的好得多。

回去吃過早餐，想到今天行程的安排，真令人激動，終於可以出去玩了！我們9點半出發，去遊江蘇如皋的著名景點——水繪園。

開車載我們去遊玩的是季阿姨。一路上，我仔細地觀察著

窗外的一切，生怕錯過了什麼好風景。我發現如皋這個地方古老的房子非常多，於是我化作成好奇寶寶，問季阿姨：「為什麼這裡有那麼多的古老房子？」季阿姨自豪地回答道：「因為如皋是一個比較古老的地方，跟深圳的歷史比起來，要久遠很多，幸好這些古物還保存完好，不會磨滅掉我們獨特的文化。」

是的，這些美麗的文物古蹟無處不在，在很多地方，我們能看見兩三棟具有獨特古老氣息的房屋。令我最疑惑的是，這些古老的房子坐落在繁華地區裡，與高級的商業城中一幢幢高樓大廈並存，卻不讓人感到突兀，反而顯得它們十足的魅力。比如這水繪園，就是如皋的驕傲，在我國眾多名園中，都算得上出類拔萃的佼佼者。

原來，水繪園是明末清初江南才子冒辟疆與秦淮佳麗董小宛棲隱過的地方。它以水為貴、倒影為佳，既秀且雅；以園言誌，以園為憶，並融詩、文、琴、棋、書、畫、博古、曲藝等於一園，足以說明它原本是一座很有書卷氣的「文人園」。今天，我們也姑且當一回文人吧。

到了水繪園，映入眼簾的是一座用石頭築成的拱橋，橋下淌著碧綠的湖水，給人一種即使是在炎熱煩躁的夏天，也會有涼爽安靜的感覺。再往前走，是一片青翠的大草地。唉，早知有這樣靜美的地方，就該來這裡野餐！

我走在一條小徑上，猶如進入「森林隧道」，兩旁高大的樹木，用它們長長的胳膊，為我擋住了熱浪的襲擊，只從葉間的縫隙裡偶爾透進幾縷陽光。

我們還去了「長壽園」。據說這裡有許多超過百歲的老人，當我聽到長壽園這個名字，以為是一個村子，裡面住著很多

長壽的健康老人。可是進去後才知道，那裡只是貼了些老人的照片，本想去看看百歲老人的計劃也泡湯了，這令我有點失望。

　　這時，幾棵高大的樹木吸引了我。我快速地向前走去，一看才知道，這個園裡有許多千歲的植物。最讓我感到驚訝的是一棵已經1,500歲高齡的大樹，那粗壯結實的樹幹是它「高壽」的最好見證。樹幹的周長三四米，整體看上去很厚實，穩穩地紮根在肥沃的土壤裡。我走向這棵古樹，只想問它：你累了嗎？

　　接著，我們來到動物園，這裡只有獅子、老虎、獅虎獸、熊、麋鹿和猴子。動物品種並不多，但是，這些動物已經夠我們一飽眼福了，尤其是那只吃著江蘇著名小吃「糯玉米」的猴子，它啃得津津有味，樣子真是可愛至極！

　　最後，我們去了遊樂園。遊樂園的設備並不高級，也玩得不夠刺激，但是能跟熟悉的同學在一起玩，感受到那份友情，還是很愜意的！

　　不知不覺的，我們就逛完了水繪園，要知道，如皋是個小地方呢，在這麼一個小地方，有這麼一個水繪園，讓人很難忘記的哦。

　　晚上，我們去如皋市最有名的一家餐廳，那家餐廳以小龍蝦為招牌菜，去那個地方吃飯是要預先訂位的，可見它的生意有多紅火。

　　進去一看，店的規模並不大，看了菜單，覺得跟北方的家常便飯沒什麼兩樣。我到過不少地方，蝦子也吃過很多種，自然不會對這裡的小龍蝦抱太多的期許。

　　終於等到小龍蝦上桌了。哇！跟想像中的完全不一樣。還沒開吃，就聞到香噴噴的辣油和特調醬汁的味道，頓時讓人食慾

大增。我馬上將自己對蝦子的淡漠拋諸腦後，忙不迭穿上塑膠圍裙，戴上塑膠手套，有滋有味地吃了起來。嗯！真是一種說不出的美味啊！

　　一大盆龍蝦，少說也有六七十隻，一下子被我們吃得精光。

　　短短一天時間裡，我們遊了名勝水繪園，吃了意想不到的美味小龍蝦，回到沈家，大家都已筋疲力盡，撲上床去，伴隨著美味的「小龍蝦」，怕是又要潛入水繪園的畫中去嘍。

燒烤吃出來的友誼
──江蘇之旅（三）

今天是個令人期待的日子──我們要在院子裡自己做燒烤！

一大早，我們就去「大潤發」採買各種燒烤必需品，肉食類和蔬菜自然是不可少的。回來後，已是中午。吃了中飯，本來有一個小時的午睡時間，但是因為大家猴急猴急的，便在10分鐘後，開始準備各種食材。

這次，我們決定挑戰一下自己的能耐，便沒有請大人幫忙。我們分工合作，我將蔬菜都洗好，分類放到盤子裡。有人則負責碗筷擺放、打雜，有的人負責將肉過一下水，並且切成薄片，還有的人組裝燒烤架，在這忙碌的兩個小時裡，我們說說笑笑，整個廚房到處是嘰嘰喳喳的聲音，像擠進滿屋子小鳥。對於六個人來說，廚房顯得有點兒擁擠，但是大家配合默契，忘記了疲勞，我們心情愉悅，臉上露出燦爛的笑容。

三點了，我們決定在小亭子裡開始燒烤。我們把烤肉架和所有食物都搬了出去，準備都已妥當。這時，大問題來了──木炭點不著！明明買了專門的打火槍，可能是因為火力不足，再加上有風，最後打火槍用完了，也沒有打著火。就在大家一籌莫展的時候，我提議說：「用火柴吧！」於是我跑進廚房去，拿了一

張紙和一小盒火柴。我試著用摩擦出來的火來先點燃紙，再丟進去引燃木炭。事情的進展和我的想像一樣，可是突然間，一陣風吹來，將剛剛燃起的火苗無情地吹滅。本來有了點起色的，唉，都怪這風。我說風啊，我是該表揚你為我們帶來了涼爽，還是批評你把我們的辛苦付出都變得徒勞無功呢？

總不能就此罷休吧，我還是耐著性子生著火，它終於燃起來了！我不禁有一種自豪感：沒有了大人，我們一樣可以把燒烤做得很好！

我們開始烤食物了。我把一片白菜和一串韭菜放到烤架上，結果因為一時的大意──白菜和韭菜都烤焦了。怎麼辦，重新再烤唄！這次倒是沒烤糊，可是太早拿起來了，沒烤熟！經過幾次實驗後，我漸漸對烤肉的技術和火候的控制摸到了一點兒竅門。

之後，我們還烤了饅頭、土司、魷魚等等。老實說，大家烤得都不怎麼樣，簡直食不下咽！要麼是調味調差了，要麼就是烤焦了。一切都是如此的沒有頭緒，當我們看到一個烤過頭的焦黑食物，大家就會一起大笑。

燒烤結束後，誰也不知道吃了些什麼，但是所有人的肚子都覺得好飽。我們看看亭子，亭子如同經歷了一場腥風血雨的戰爭一般，看上去慘不忍睹。我們都是些受過良好教育的孩子，當然不能隨便丟下這麼個爛攤子。於是所有人一起行動，不一會兒，這裡又恢復到往常整潔的樣子。

晚上，六個人決定去打籃球，大家還沒來得及洗澡，帶著一身濃濃的煙燻味來到籃球場。所有的人因為太開心，都玩瘋了，輕快的跑步聲，偶爾發出的籃板的碰撞聲，讓這個平日受冷

落的籃球場一下子變得喧騰起來。

　　今天是個很特別的日子。燒烤的製作雖然不怎麼順利，食物也不好吃，但是我們獲得了巨大的成功，籃球場上快樂的笑聲證明了這一點──彼此之間，我們的距離拉近了，友誼之花在煙熏火燎中絢爛地綻放開來！

DIY甜品店大顯身手
——江蘇之旅（四）

今天，我們去逛江蘇南通最繁華的地方——文峰大世界，沈嘉怡告訴我，那裡有甜品DIY。像做食品這類東西我最在行，也最感興趣，因此在去的路上，我幻想了許多，幫自己策劃著該做餅乾，還是蛋糕？

當車子停在一家大型百貨公司時，我知道——我們的目的地到了。六個人滿懷欣喜地走進去。我抬頭往上一看，哇，好高啊！文峰大世界竟有八層樓，裡面賣的幾乎都是名牌。我仔細端詳著身邊的一切，開始懷疑這種高級的地方，怎麼會有甜品DIY？

正當我深感疑惑時，沈嘉怡突然叫道：「哎呀！我伯伯送錯地方了。」大家一聽，都楞住了，遲遲不說話。

「什麼……意思？」一個人問道。

「一開始我就覺得奇怪，去文峰本來只用20分鐘車程，可這次伯伯用了40分鐘，一進門，轉角應該是一家麵包店，這裡卻是一家燒烤店，難道是新開的文峰？」沈嘉怡也變得沒有主意了。

我們問了店員，她們都說這裡沒有甜品DIY，最後我們終於明白了——真的來錯地方啦。

我們不好意思再麻煩沈嘉怡的伯伯把我們接回去，於是決定在這裡努力耗掉8個小時光陰。

午飯時間到了，我們的肚子餓得咕嚕嚕地叫，看到遠處有間味千拉麵，二話不說，馬上跑過去。我點了一份番茄起司烏龍麵，哈哈，簡直是人間美味，朋友們下次去南通，不妨去嘗嘗哦！

午飯過後，我們去看電影，最新上映的國內大片──《老男孩》。這部電影挺好看，過程有好笑的，有心酸的，又有艱苦的，看得我好揪心。

《老男孩》深深地吸引了我，讓我知道了「明星」這個職業是偏門的，也不好做，其過程是需要毅力與忍耐的。紅了，大家都會崇拜你，邀請你去唱幾首歌，上萬塊，幾十萬塊錢就會紛紛流進你的口袋；不紅，沒幾個人知道你，就算你對音樂有再真摯的熱情，沒有撈到機會，就什麼也不是。所以，做明星這一行非常不容易，要學會把握機會，有了它，你才可以為這個世界獻上你的歌聲，讓大家看到你閃耀的一面。

看完電影，姜雨婷早已跟另一家名叫「千言萬語」的DIY甜品店約好了，3點鐘後，我們可以到那兒去做甜品，於是我們搭乘計程車前往目的地。到了那裡，繞了兩大圈，卻怎麼也找不到店兒。我們問了店員，他們都說沒聽過。我在想：是不是人家早就把店鋪轉讓了呢？還是根本就沒有這間店？

正當我們萬分焦急之時，姜雨婷打電話讓甜品店的店員出來接我們，剛掛下電話，就看到不遠處有個人從店裡走出來，我們也就趕緊走上前去：「請問，您是『千言萬語』的店員嗎？」

「對。」阿姨回答道。

「可是，為什麼你們的店名不是這個呢？」

「哦，我們改名了嘛。」

我們一邊說，一邊走進店裡，涼爽的冷氣吹拂著我，我身上的緊張也都舒緩了。

付完費，六個人裡，有五個人選擇做卡通餅乾，我就是其中的一個，而另外一個人要做巧克力。

阿姨讓我們在樓上等著，於是我先幫其他五個人買了點喝的。我們在樓上有說有笑，想到我終於有機會做甜品了，心中有了大大的滿足。

20分鐘過去了，怎麼沒有人拿材料上來呢？我想：做餅乾的材料不用準備那麼久吧？我跑下樓去，發現阿姨們正在幫我們揉麵團！

我急忙制止，說：「阿姨，既然是DIY，那麼，麵團也應該是我們自己揉。」

「哦，原來你們要自己揉，我們這裡都是事先幫客人調好各種材料的比例，還要幫客人揉成麵團的。」阿姨這樣跟我說。

聽了阿姨的解釋，我心情才平靜了許多：「可是，我們還是想自己揉。」

我叫下樓上的四個人，就開始揉麵團了。麵團很油，一下子把我們的手搞得油膩膩的。我們雖然沒有阿姨們專業，麵團也絕對沒有阿姨們揉的好，但是我們樂在其中。

接著就是做餅乾的形狀了，我們把麵團放在事先鋪好的一層保鮮膜上，再將一層保鮮膜蓋上去，然後用擀麵杖慢慢地把麵團擀成薄餅，當然不能把餅擀得太厚或太薄，這其中是很需要技術成分的。

　　把麵團擀成薄餅後，我在一個模型盒裡仔細地挑選著自己喜歡的圖案。有可愛的胡蘿蔔、番茄、hello kitty、木馬、漂亮的白雪公主、裙子……盒子裡應有盡有，各式各樣的模型都一一呈現在我的眼前。

　　我是個做餅乾的超級愛好者，因此做起來很節省「大餅」的原料。我小心地把每一個模型壓到麵餅上，每次把它拿開，都是一個驚喜。差不多把麵餅壓完了，這時候，阿姨拿來一個烤盤，上面鋪著一張吸油紙。她讓我把壓好的餅乾擺上去，我照著做了。可是當我拿起第一塊餅乾時，它竟然斷掉了！肯定是麵團擀得太薄了吧。我再小心翼翼地拿起另外的餅乾，結果都是一樣的。

　　我不得不重新做。再做一遍，真是令人崩潰至極啊！又經過半個小時的奮戰，我終於吸取教訓──麵餅的厚度剛剛好，再放到烤盤上去，也沒有斷裂，哈哈，我成功了！

　　我頓時有了自豪感：怎麼樣，我終於獨立完成了餅乾的製作！現在，只等著烤箱中的餅乾出爐了。

　　在這30分鐘裡，我們不願浪費剩下的麵團，繼續將它擀成餅狀，又做了幾個。妹妹還調皮地做了幾坨大便呢！

　　「叮！」餅乾出爐了！大家都興奮地跑到烤箱前，眼神中充滿了期待。嗯……好香！那迷人的香味，讓人好想趕快吃掉。我看到有一塊餅乾斷掉了，於是抓起來迫不及待地往嘴裡塞，啊，燙死了！

　　看著自己做的餅乾，我心裡充滿了驕傲。我不停地拍照，想要紀念這一刻。最後阿姨給我們一人一個小密封盒和可愛的小熊紙袋，讓我們把餅乾拎回家，並且叮嚀我們，這是手工現做的

餅乾，沒有添加防腐劑，要在5天內吃完。

　　大家都捨不得吃掉自己做出來的漂亮餅乾，便把它收藏起來，去餐廳吃晚飯。

　　晚餐吃的是日本料理。我們點了蟹肉蒸蛋，烤秋刀魚，綜合壽司拼盤，烏龍麵……日本菜的特色跟韓國的差不多，好吃而不油膩。食物的質量要求也很高。總之，我非常鍾愛日本人和韓國人的口味。

　　吃完晚飯，已是7點，叔叔來接我們的車已經等在樓下了。回到車上，想想今天可真是個大烏龍，明明來錯了地方，可誰讓我們這些人就是為「吃喝玩樂」而生的呢，什麼困難都不能阻止我們「向前衝」！

　　希望大家今天晚上能睡個好覺，不捨得吃餅乾嗎？那就在夢裡吃吧，夢裡吃，一樣會很香！

初到大上海
——大上海見聞（一）

　　上海是國際大都市，很久以前，我就想去看看，現在到了如皋，便毫不猶豫地跟同學們一起去了。

　　本來，我們計劃在江蘇待4天，在上海逗留6天，可是因為我的時間比較緊，所以我們只能匆匆地去，匆匆地回。

　　那天一大早，我就興奮至極，滿腦子想的都是「上海外灘」、「東方明珠」和「城隍廟」……我掩飾不住內心的激動，盼著沈嘉怡的叔叔快點來送我們。

　　10點半，只見一輛車開到我們居住的樓下，我一見，二話不說，趕緊拿起大包小包飛奔下樓。坐到車上後，心裡還撲通撲通地跳個不停，呵呵，我們就要去大上海啦，原來的想像都將變成現實。

　　一路上，我不停地問叔叔有關上海的事情。身為「好奇寶寶」的我，一刻也沒停歇過。

　　我問：「開車去上海要多久啊？」

　　叔叔回答：「兩個多小時。」

　　我又問：「上海灘是什麼樣子？」

　　叔叔回答：「它就是一個海灘，不過，很值得一看。」

就這樣，我「煩」了叔叔一路。這時，叔叔喊道：「哎，快看！這條河過去就是上海了。」我連忙把頭貼在玻璃窗上看，不禁聯想到，深圳和香港也只隔著一條香江。這時，我產生了疑問：這條河究竟是屬於江蘇，還是上海？

這時，汽車駛到市區，我不好意思再讓叔叔分心，便沒有再問下去，只是告訴他：「叔叔，等一下到了上海，我媽媽會有一個朋友來接我們。他會負責我們的安全，包括幫助我們去酒店入住房間，所以你不用擔心，把我們送到後，你就可以放心地走了。」叔叔聽了點點頭，說：「好的。」

經過兩個小時的跋涉，我們終於到了大上海。我們先去預訂的酒店，媽媽的朋友——王龍叔叔已經在那裡等著我們了。

王龍叔叔是寧夏回族人，以前在香港工作，因為事業的關係，決定來上海發展。他是個非常幽默的人，當我知道他是上海復旦大學醫學系和香港理工大學的高材生之後，心中立刻萌生出對他的一絲崇拜。

我已經快一年沒有見到王龍叔叔了，想當年，他時不時就會跑到我們家玩，給媽媽送來自己做的治頭痛藥。這次在上海見到他時，他還是像以前那樣熱情，一樣有說有笑，還不忘記偶爾來兩句讓人捧腹大笑的幽默話。

叔叔幫我們辦理好入住手續後，已是一點多。大家為了趕路，都沒時間吃中飯，現在，王叔叔便帶著我們，走路去城隍廟填肚子。一聽說要「走路」去城隍廟，我簡直要崩潰，坐車已經坐得很累了，現在還要走著去，怕是要到猴年馬月才能吃上飯吧。不過王龍叔叔說，我們挑的酒店雖然是三星級，但是地理位置很好，是上海市中心的市中心，離很多著名的景點和百貨公司

都很近。聽王叔叔這麼一說，我們才鬆了一口氣。

一踏上前往城隍廟的路，聊著聊著，便忘記了勞累。

突然，一幕悲慘的場景呈現在我們眼前：一位老爺爺去送外賣，不小心翻了車，那些菜全都灑到地上，老爺爺渾身是傷，但他管不了這些，只是在車子周圍焦急地走來走去，不知道該怎麼辦才好。

我看了好難過，覺得他自己受了傷，還要賠償損失，這可真難為他了，為什麼總是要逼得人活在金錢的壓力之下呢？

旁邊的姜雨婷看到了，心裡也挺不是滋味：「黃詩情，那位老爺爺好可憐哦，我想要上去幫幫他。」

「我也想去幫幫他。」我心情沉重地回答。

正想上去幫忙時，清潔工來了，他們默默地掃去地上的「垃圾」，旁邊的叔叔也幫忙扶起倒在地上的電動車，還詢問老爺爺的傷勢。看到這一幕，我心情漸漸變得輕鬆起來。我們繼續往前趕路，心裡想，原來這世上還是有不少好心人啊！

城隍廟該死的「蟹肉」包
——大上海見聞（二）

我們終於到了城隍廟。

一走進去，哎喲，裡面真可以說是人山人海，有個成語叫什麼來著？哦，是「摩肩接踵」吧，現在這裡人擠人，大街小巷裡，到處都是來自海北天南的人，人們穿著各自喜愛的服裝，說著五花八門的方言。

我們好不容易才擠到全上海最著名的一家小籠包子店，還沒走進去，就看到好多人在門外吃包子。那些小籠包子香噴噴的，這些人點的是外賣，不願擠到裡面去，拿到東西，便坐在旁邊的石頭上吃起來。我們進到裡面，見到餐廳並不大，只有兩層，氣味很不好聞，都是夏天人們的汗臭氣，這怎能讓人吃得下飯呢！但是我看到，每個人都吃得津津有味，難道是小籠包的香味顛覆了他們對這間店鋪的印象嗎？

我們找到位置坐下來，叔叔去點餐。我是一位素食者，只吃海鮮。雖然沒吃過小籠包，我知道，它的餡是豬肉做的，看來，我只能眼巴巴地看著他們吃嘍！

6籠小籠包上來後，聽服務員說，這些小籠包是蟹肉的，我便食欲大增，毫不猶豫地吃起來。吃第一個時，我感覺到有豬肉

的味道，但是服務員說包子是蟹肉的，就沒再去懷疑。這時，王龍叔叔走來，我見他不吃，便問他原因。他說：「我吃過中飯了，再說了，我是回族人，這小籠包我又不能吃。」聽完這句話，我頓時感到極其後悔——唉呀，我吃了豬肉！我知道，王叔叔信奉伊斯蘭教，他是不吃豬肉的。唉，我恨死自己了，明明嘗到了豬肉的味道，居然不懷疑，這是我吃素一年多來第一次吃豬肉呀！我心裡好難受，一時沒了胃口，快快不樂地靠在牆上，心裡無數遍責怪著自己。

姜雨婷一直安慰我：「不就是幾個肉包子嘛，至於這樣責怪自己？」

「你們根本就不懂得我的心，這可是我吃素以來第一次吃肉，明明說的是蟹肉小籠包，裡面卻有豬肉，這不是欺騙消費者嗎！」我有些忿忿的樣子。

一位小籠包極度愛好者許華婷用筷子把小籠包弄開，對我說：「難道你不知道嗎，所謂的蟹肉小籠包，就是指一塊肉餡和著蟹黃，你看，這塊肉上面還有些蟹黃，看到了嗎？」

我不想看，只因為不想接受現實。這時，一位服務員走來，我抱著最後一線希望問道：「請問，小籠包裡有豬肉嗎？」服務員點點頭。當服務員點頭的那一刻，我的心已經完完全全被一大塊石頭壓死了，這時，我只能不得已「接受」現實。

我深知，過去的事情已不可能被改變。我多想回到前一刻，提醒自己不要吃。可是，我已經吃過了。唉，過去的就讓它過去吧，我也不想影響大家的心情。自己心裡的悲傷，別人怎麼能體會呢，我也不能牽扯到他們。

我不再嚷嚷，默默地去吃飯。吃完飯，叔叔說要帶我們在

城隍廟裡轉轉，我心情極差，看風景也心不在焉，不知道這個城隍廟裡，除了可惡的小籠包，還有些什麼。

　　終於走出城隍廟了，我在心裡發誓：雖然我吃海鮮，但是從今往後，我再也不會吃螃蟹了，就是它引發我犯了罪的呀！

上海街頭受驚嚇
——大上海見聞（三）

　　我們走累了，決定先回酒店午休。由於中餐吃得晚，大家說好6點鐘準時出發，去新世界吃晚餐，順便逛逛街。

　　我沒有午睡的習慣，就在酒店裡一直看視頻。也不知過了多久，一看時間，哎呀，快6點了，我收拾了一下，趕緊出門。

　　新世界離我們住的酒店很近，我們坐計程車只用了五分鐘，花了14塊錢。下車後一看，太陽還沒下山呢，我們花了10分鐘的時間，還定不下晚餐吃什麼，最後決定去吃韓國料理。我們點了嫩豆腐湯，泡菜煎餅，石鍋拌飯⋯⋯各種韓國特色風味的菜都一一擺在桌上，看了讓人直流口水。

　　吃完晚餐，我們決定去對面的商場逛逛。路上，我看到許多賣玩具、發傳單的人，更讓我開心的是，上海是外國人的聚集地，我們所在的地方，又是最繁華的路段，跟深圳的東門差不多。突然，一個坐在長椅上的男子朝著我喊：「酒吧去不去，酒店去不去？」他的口音我聽不太懂，只聽懂了「去不去」。我本以為他要發旅遊業的傳單，一邊走一邊疑惑地看著他，忽然驚覺他手上並沒有傳單，還見他旁邊的同夥邪惡地笑——我恍然大悟，急忙跑到同學身旁，心神久久不能平定。

這種事，是我人生中第一次遇到，把我弄得神經很緊張，於是趕緊打電話給媽媽。媽媽安慰我，叫我不要理會。我想，這是不是就是過去所說的十里洋場的生活呢，這樣的遭遇，讓我哭笑不得。

　　我們隨便逛了逛商場，忽然想到今天是沈嘉怡的生日，於是就去哈根達斯買了個小小的冰淇淋蛋糕。

　　已經9點多了，該回酒店去了。我們提著蛋糕，聊著天，要去坐計程車。我正跟姜雨婷聊得起勁，突然間，一隻有力的手拿著傳單「呼」地一下甩到我面前。在如此平靜的情景下，這樣的力道難免會使人受驚嚇。我「啊」地叫了一聲，慌忙跑開去。

　　那位男子問姜雨婷：「她怎麼了？」

　　「沒有，就是看你太帥了。」姜雨婷開玩笑地說。

　　沒想到，那男子聽了姜雨婷的話，竟跳到我身後，故意拿傳單再嚇唬已經失魂落魄的我。我的同學一直在旁邊狂笑，我卻一點也笑不出來。慌忙拿著傳單，顫顫巍巍地說：「謝⋯⋯謝謝。」說著，我就向更遠的方向跑去。

　　同學們早已笑得前俯後仰，過了一會兒，我才猛然醒悟──剛才自己多麼傻，也挺不好意思地笑起來。

　　之後，我們看見一溜兒計程車停在路邊，我走上前去問司機回酒店的價錢，司機竟開口要70塊！

　　姜雨婷當場就火了：「給你70塊去吃垃圾，去不去？」

　　我們接著問下一位司機，他給的價錢是50塊。我問他：「為什麼剛才來這裡是14塊，現在是50塊？」

　　那位司機的語氣聽上去很誠實：「現在這個時間，全部都是這個價。」

我們也沒辦法，只好坐上這臺計程車。上車後，我看見他沒有用計步器，便問他原因。他說：「晚上這個時間，都是不打表的。」

我們回到酒店。下車前，我毫不懷疑地給了他50塊。

隔天，我把這件事告訴給王龍叔叔，王叔叔說：「你被騙了，他們那一溜兒的車都是串通好了的，以後上車，你只要向司機要發票，他就不敢亂喊價，不然，你是可以憑著這張發票去告他的。」

聽了王叔叔的話，我覺得自己虧了大錢。有什麼辦法呢，也只能搬出爸爸的話來安慰自己：花錢買教訓吧。

酷斃亂真的蠟像
——大上海見聞（四）

在上海的最後一天，早上，我們去了杜莎夫人蠟像館。為了排隊買票，我們花了將近一個小時。蠟像館門口就有一尊劉翔的蠟像。在等待買票的這段時間裡，我細細地端詳著這座偉大的蠟像：劉翔堅定地站在領獎臺上，穿著一身大紅的運動衣，雙手張開，舉著一面五星紅旗。這樣的姿勢有著深刻的含義，只有真正到比賽現場去看過，你才能深深體會到。

終於買到票了，我們迫不及待地跑了進去。裡面的第一座蠟像塑的是成龍，他就像一位慈祥的老爺爺，微微的笑容讓人很有親近感。

再走進去，是貝克漢姆、《暮光之城》的男主角；再來就是范冰冰，李冰冰……每一座蠟像都塑得那麼逼真，我都跟他們一一合了影。突然，我看到了我的男神——李敏鎬！我趕緊讓同學幫我跟他拍照，我直接抱了上去。啊，感覺好幸福哦！

之後，還有鄧麗君、孫儷、吳奇隆、甄子丹、周杰倫、瑪麗蓮夢露、戴安娜王妃、姚明、麥可・傑克森、金剛狼、鋼鐵俠、美國隊長……哈哈，我真是大飽眼福，這些名人蠟像都那樣逼真，如果把他們放到人群中，我簡直分不清他們到底是蠟像還

是真人了。最可笑的是，我看到一座老爺爺的蠟像，並不知道他是誰，那位老爺爺的姿勢是雙手抱著靠在牆上。我為了穿過擁擠的人群，還差點跟他說：「老爺爺，可以請您讓一下嗎？」要不是看到他臉上有些呆滯的神色，說不定，我真會說出那樣的蠢話。

　　參觀完蠟像館，已經11點40分了，看著時間，也沒法去上海美術館了。我們放棄了原定的計劃，先去吃地道的滬菜。首先端上來的是兩盤生煎包。這種包子很好吃，外面脆脆的，裡面是肉和湯汁。即使將肉餡挖出來，也很好吃！之後上的素麵也很爽口，那麵滑滑嫩嫩的，湯汁也夠味，味道棒極了！

險些滯留在上海灘
——大上海見聞（五）

　　吃完飯，王龍叔叔先開車將同學們送回酒店。我是下午4點多的飛機，不能跟著她們回去午休，況且還有一些景點要參觀。這是我這個暑假最後一次跟同學們見面了，一開學，我就要去美國讀書，心中難免不捨，跟大家鄭重地道別後，我回到車上，前往下一個地方——東方明珠。

　　在途中，我小睡了一會兒，醒來時，眼前就是一座壯麗、高大的建築物。天下著雨，我和妹妹拿著雨傘，站在東方明珠下仰望這座高大的建築。我們沒有上去，因為時間有限。另外，叔叔說門票很貴，上去也只是坐個電梯觀看一下風景就下來，220塊錢就沒了。我聽著也挺無趣，便放棄了上去的機會。叔叔讓我看看身後的一座更高的建築物——金茂大廈。它是全世界第10高樓，穿透了雲層，它的巨大，一時無法用語言來形容。

　　叔叔說：「上海是中國的金融中心，而浦東是上海最繁榮的地區，幾乎所有銀行都聚集在這兒，高樓大廈也非常多，像復旦大學就在浦東，可是因為時間關係，我們今天只能去它的分校，那裡主要是做實驗的，我的實驗室就在那裡。」

　　「我要去看你的實驗室！」妹妹叫道。

「走吧！」

大約過了半小時，我們就到了復旦大學浦東分校。放了暑假，學生都回家了，校園裡安安靜靜的，只有幾個保安輪流看守校園。要進學校去，盤查是非常嚴格的，因為學校的一些實驗品非常危險，有些還含有毒品的成分，為了防止有人混進去偷竊，必須要抵押身份證來換取出入許可證。

我們先去看了王叔叔的實驗室，裡面有許多精密的設備，各種化學品都擺在實驗室裡，琳瑯滿目，看了讓人發暈。

我們打著雨傘在校園裡參觀。我覺得這裡的環境非常好，那些花花草草種得有模有樣，讓人看了心曠神怡。最吸引我的是一個小池塘，上面開了密密麻麻的蓮花。蓮花、池塘，再配上一座橋，構成一幅別緻的風景。我傾聽著雨滴打在蓮葉上的聲音，「答、答、答」，真是動人心魄的旋律！

快要3點了，為了不遲到，我們馬上動身去浦東機場。40分鐘的車程，讓我睡了個好覺。

到了機場，我們先去辦理登機證。我和妹妹在後面打打鬧鬧，把事情都丟給王叔叔。我本以為很順利，但是問題來了：妹妹還差3個月才滿十二歲，她需要一個成年人來帶領。

我和妹妹停止了打鬧，大家都很著急。服務員阿姨說：「你們要先去申請未成年者登機同意書。」

「那要多久？」王叔叔焦急地問。

「少說也要一個禮拜。」

「一個禮拜？她們明天就要回臺灣了呀！」

「不然，你去找C區的值班主任吧。」

我們照她說的做了。在我們的懇求下，值班主任終於同意

我們登機了，只不過要工作人員帶著。

　　跟王叔叔說了再見，也為他對我們的照顧道了謝。經過重重「關卡」，我們到了5號登機口，再過10分鐘就可以登機了，我和妹妹找位置坐下來。

　　忽然，廣播裡傳來這樣一則消息：「前往深圳的旅客請注意，我們很抱歉地通知您，由於天氣原因，本次航班還未從深圳起飛，將會誤點兩小時，如有不便，請您諒解。」

　　什麼！飛機要誤點兩個小時，那豈不是要10點多才能回到家？

　　唉！有什麼辦法呢，誰讓自己那麼倒楣，碰上了這種事。我先打電話通知媽媽，讓她延後兩個小時來接我們。之後，我們吃了點東西，一直看視頻看到6點。我看了看錶，嗨，這個時候，我們本來應該到了深圳呀！

飛機上認識的法國朋友

　　我們飽受了兩個小時的煎熬，終於在6點半登上了上海開往深圳的飛機。候機時，服務員也沒給我們發晚餐，把妹妹餓得要死，上飛機之前，我給她買了一盒三明治。

　　上了飛機，找到座位，發現旁邊是個外國人，一瞄，她好像在電腦上寫些什麼，我一看是法文，就開始猜想她是哪裡人。

　　我們都很羞澀，沒有互相打招呼，但我一直都在找機會跟她聊天。這時，妹妹把那盒三明治打開了。有了！我把三明治搶過來，用英語問那個外國人：「請問，你要吃三明治嗎？」

　　她很開心地拿了一塊，並跟我道了謝，從而，我們開始了交談。

　　「你是法國人，對吧？」我問。

　　「是的。你呢？」

　　「我是臺灣人。你是來深圳玩的嗎？」

　　「嗯，我喜歡旅遊。」

　　從我們的長談中，我了解到她是一位游泳選手，這次是來中國旅遊，參加奧林匹克運動會是她的夢想。我盡量避開外國人都在意的「隱私」，始終沒有去問她的姓名與年齡。

　　要下飛機了，我想好好跟她道個別，等到要分手時，跟她說再見。我們要去提取行李了，一邊走，我一邊跟司機聯繫時，

她一直跟在我們身旁，好像有什麼話要說。忽然，她走上前來，說：「不好意思，我的電話還沒有換中國的卡，朋友要來接我，我需要跟他聯繫，你能借我電話用用嗎？」我非常樂意地說：「當然可以。」我爽快地把電話借給她，這讓我想起上次跟媽媽在機場遇到兩位德國人借手機的情景。

但是，她朋友那邊的信號不好，一直打不通，她放棄了，把手機還給我。我卻堅持不懈地撥那個號碼，在好幾次失敗後，終於成功了。我把電話重新給了那位法國人，她跟朋友聯繫之後，心情明顯地平靜下來，不像剛才那麼焦急了。

「叮！」我的手機來了一條信息，是英文的——找找costa coffee，第二樓。我給她看了信息，她說：「可是我不知道在哪兒。」

「沒關係，我會幫你的。」我看見她的眼神裡充滿了感激，這就是我助人獲得的回報吧！

取完行李，我陪著那位法國人出去找她的朋友。「啊！在那裡。」她指了一個方向。我順著她的手指看過去，只見一個人舉著一個牌子，上面寫著她的名字——Amanda Cotteti。

幫法國人找到了朋友，我也不用再擔心了。臨走前，她對我說：「謝謝你今天對我的照顧，真的很感謝。」說著，從包裡拿出兩塊巧克力餅乾給我們：「這是一點小心意。」我連忙說：「謝謝，祝你有個美好的深圳之旅。」

就這樣，兩個不同國度的陌生人，因為一次偶然的機遇，成為暫時的好朋友，讓這倒楣的一天總算有了一點收獲。在車上，我手中握著那兩塊巧克力餅乾，心裡想：我向別人獻愛心，幫助來自別的國家的朋友，她們會感受到我的愛，並回報我，把

我的愛傳播給更多的人，這就是愛的力量。助人為樂，我樂在
其中！

三、心靈的火花

　　黃澤懿同學那天對我說：「黃詩倩，我發現，每次我有不開心的事情來找你，一傾訴，你只要幾句話，總能把我安慰得很好，你是不是有種魔力呀！」其實，我有什麼魔力呢，我不過是喜愛思考罷了。

　　佛蘭西斯‧培根說：「讀書……是為了思考和權衡」。一個讀書的人，父母給了我們大腦，我們要是不用來思考，那不是一種巨大的浪費嗎？請朋友們不要嘲笑我，我思考的問題也許太膚淺，可是我相信，再偉大的哲學家和思想家，也是從幼稚的問題開始思考的吧。或許我的思考能博得大家一笑，我也是開心的。

美麗的紅樹林

　　十五的月亮漸漸升起來，亮起來，月光照在紅樹林上，婆娑的身影在風中搖曳，樹底下傳來一陣陣唧唧喳喳的說話聲，那是我們一家子在賞月。我們坐在攤開的報紙上，一邊吃著玩著，一邊談笑風生。我們左邊那一家的孩子在追追趕趕，右邊那戶人家，一家人躺在地上，享受著月光溫柔的撫摸，整個紅樹林變成了熱鬧的廣場。多麼圓的月亮，多麼美麗的海景，多麼柔軟的沙灘呀！

　　天漸漸黑了，東邊的那戶人家走了，西邊的那戶人家也在收拾東西準備離開了，爸爸看了看手錶，說：「時間差不多了，我們也該回家了！」我們都點點頭。我們自覺地把垃圾清理乾淨。爸爸抬頭看了看周圍，說：「旁邊那些人的垃圾沒有清理，我去收拾一下。」爸爸提著個垃圾袋走到右邊，一一撿起地上的垃圾。收拾完這家的殘局，又走到左邊，收拾那邊的垃圾。

　　媽媽看見我們自己的垃圾清理得差不多了，便說：「我也去那邊幫忙。」媽媽提著一個大垃圾袋走過去，只要看見垃圾，便彎下腰去，用右手撿起來，這個動作一次一次地重複著，媽媽的身影漸行漸遠，慢慢地消失在朦朧的月色裡，月光在她身上披上了一層迷人的色彩。

　　我和妹妹看見了，也跑過去幫助清理垃圾。

賞月的人漸漸少起來，空闊的紅樹林上空，月光似乎更明亮了，月光下，清理垃圾的人越來越多，他們在紅樹林裡穿行，每個人都提著大包小包的垃圾，向自家的車走去。

　　夜色漸漸變得深沉，我們要離開紅樹林了，回頭向林子望去，月光似乎更加皎潔了，整片紅樹林變得更加美麗，更加明亮！我想，變得美麗的不僅僅是紅樹林吧，是不是還有一顆顆潔淨的心呢？

人生的感悟

　　人生是什麼？靜下心來，我常常思考這個問題。總感到它既像這，又像那，又或什麼都不像。可是細心比較，發現它真的可以被想像成許多不同的事物。

　　首先，我覺得，人生就像是一條河，從它的源頭到終點，一直滔滔不絕地流淌。在整個行程中，它流經無數蜿蜒的山谷，也經過廣袤無垠的平原，像走在平坦的大道上。雖然歷經坎坷，但並不覺得難受，因為在行進途中，河水會奏出美妙的音樂，不時激起潔白的浪花，它輕歌曼舞，盡情地享受著兩岸綺麗的風景；它在平原上流連忘返，可以不慌不忙，平靜地流向遠方，就像人到中年，雖然事業有成，卻少了些激情，也少了些追求。河流在奔向大海的過程中，難免會遇到些汙穢，然而它博大的胸懷接納了它們，並把它們淨化，提供給人類清潔的水源。人也是一樣的，用寬容的心去接納那些不同的建議，甚至苛責和漫罵，本著兼收並蓄的精神，把這些不同的意見變成對自己有用的思想。

　　人生又如同一棵參天古樹，在它從幼苗長成大樹的過程中，經歷了無數個春夏秋冬。既有繁花似錦的春季，又有碩果纍纍的秋天，既有炎熱的夏天，也有寒冷的冬天。經過不同的洗禮和磨難，它依然一如既往地生長著，把自然女神賦予它的滋養和

磨難全都轉換成自己的財富，在這棵參天大樹上刻下一圈又一圈清晰的年輪。

人生還像火紅的太陽，每天早上升起，到晚上落下，努力地散發出自己的光和熱。夏天的炎熱引來無數人的抱怨，它並不因為人們的抱怨而終止，冬日的寒冷使人們增加對它的渴望，它也不會因為大家的期盼而更多地給予。

人生也像一輪皎潔的月亮，靜靜地掛在夜空中，只有在八月十五那一天，才會引起人們高度的重視，但是過後，又被人們漸漸淡忘。即使這樣，它依然把自己的清輝灑向山川，灑向原野，灑向城市和村莊，無論是傍晚，還是黎明，即使不被注意，也從不懈怠。

人們說，人生如同逆水行舟，只有不斷地划槳，才能夠前進，稍不努力，就可能後退。

人們說，人生如同攀登險峰，只有不停地向上爬，才會不被落下，才有機會欣賞到無限的風光。

如果你明白了這些比喻，你就應該明白了今後的人生道路到底應該怎麼走！

我當上「校長小助理」

　　最近，我們學校舉行了「競選校長小助理」的演講比賽，我高票勝出，榮幸地成為深圳市東方學校的「校長小助理」！回想起參賽的過程，真是獲益良多。

充分的準備

　　我認為，演講前的準備是最費心思的了。那天回到家，我把要參選學校「校長小助理」的消息告訴給媽媽，媽媽說：「前幾天，我在網路上看到一個哈佛教授的公開課，讓我深受啟發，我建議你用一種與眾不同的方式來演講！」

　　我好奇地問道：「是什麼，是什麼方式？」

　　媽媽說：「就是借助道具！」

　　我睜大眼睛看著媽媽，可媽媽的表情卻顯得非常自信。因為媽媽覺得那節公開課讓她獲益匪淺，就下載了下來。媽媽讓我先看看那節公開課的錄像，然後幫我做道具。

　　這真是一堂不同尋常的公開課，我自然深受啟發。看完錄像，媽媽開始做道具，我目不轉睛地盯著媽媽手裡的道具──褡褳。媽媽讀過一本書叫做《方與圓》，裡面講到褡褳，書裡包含著做人的道理，所以，媽媽就借它來幫助我做競選。做完褡褳，

媽媽讓我從網上下載並列印一枚古代的銅錢，還拿出我獲得的愛心證書之類的東西裝在褡褳裡。

接著，媽媽開始指導我寫演講稿。演講稿經過反覆推敲修改之後，終於定稿了。「對，就這樣！」我自信地說。

我把稿子列印下來，開始認真地背稿。只要一有時間，我就去找媽媽或妹妹模擬演講。每次模擬演講完，媽媽和妹妹都會提出一些意見，這樣，我的稿子日益完善了。

精彩的演講

萬事俱備，只欠東風，激動人心的時刻終於來到了，我肩上搭著那條特殊的褡褳，登上了深圳市東方學校「競選校長小助理」的演講臺。

剛上臺，撲面而來的是一陣雷鳴般的掌聲。看著臺下黑壓壓的人頭，我的心怦怦直跳，我對自己說：黃詩倩，沒有什麼大不了的，只要努力就可以了，抬起你的頭吧！這時，我深深地吸了一口氣，心裡漸漸地平靜下來，然後，我照著預先計畫的方案開始演講。

聽著臺下一陣陣熱烈的掌聲，看著聽眾一雙雙熱切的眼睛，我知道，我的演講很引人注目，頓時，我更有了信心。每講到一個節點，我就變戲法似的從褡褳裡拿出一本愛心證書，我的褡褳裡裝著那麼多愛心證書和獲獎證書，那是我有能力做好校長小助理最有力的證明。我越講越投入，越講越起勁兒，我的演講終於在雷鳴般的掌聲中結束了。

高票當選

　　當6位選手演講完畢，只聽主持人宣布說：「現在，我們進入到一個最激動人心的時刻——投票！」啪啪啪啪，大家用力地拍著巴掌。

　　經過兩輪投票，我以113票當選為校長小助理，聽到這個結果，我呆住了，我真的當選了！那一刻，我頭腦裡一片空白，心裡激動到了無法形容的地步。

　　當校長給我戴上工作牌時，我心裡默念：我要加油！絕不辜負老師、同學和領導的期望！

　　這次活動讓我明白：要有付出，才會有收獲，正可謂「臺上一分鐘，臺下十年功！」為了今後在人生的舞臺上也有出色的表現，從現在開始，我一定要更加努力！用「十年功」去換取人生舞臺上的「一分鐘！」

游泳的快樂

一直羨慕水中魚兒的悠然自得，也曾羨慕「飛魚」那驚人的速度，更嚮往水中芭蕾運動員曼妙的風姿……早前，我曾學過游泳，但一直游得如旱鴨子般，「撲通、撲通」，既無速度，亦無美感。

暑假，我回到臺灣，酷熱的天氣，令我更向往水中的清涼，媽媽說：「詩倩，學游泳去！」

很快，媽媽找到兩年前教過我的游泳教練，讓我從頭學起，我下定決心，這次一定要好好學！

來到游泳池的教學區，做完暖身運動，沖完冷水，我就下水了。水並不深，感覺也沒什麼可怕，不過，一想到獨自待在水裡面，還是多少有點兒緊張。這時，我的決心提醒我：絕不能退縮。於是，我咬緊牙關，一頭栽進了水裡。

我戴著泳鏡，在水裡學憋氣，當我慢慢地睜開眼睛時，忽然發現，只要不呼吸就行了，兩分鐘，我就學會了憋氣。接著，教練教我踢蛙腳，踢蛙腳也很容易，五分鐘，我就過關了。然後我開始練習劃手，手臂只需要在胸前劃一個小圓圈，再伸直就可以了，手在水中劃動，感覺水滑溜溜的，很舒服。劃手學會後，教練就讓我在水中游一遍，我本來很害怕，教練鼓勵我說：「別害怕！教練在你旁邊呢！」

　　看著教練那堅定的目光，我鼓起勇氣，深吸一大口氣，往前一蹬，身體就迅速地往前衝，感覺速度慢下來時，教練大聲吼道：「蹬腳！劃手！」我如夢初醒，趕緊照著做，身體又不知不覺地浮出水面，張開嘴，吸一口氣，繼續往前衝。「很好，加油！」聽到教練的肯定，我真是心花怒放，感覺手腳充滿了力氣……手一下就觸到了岸邊，咦──我已經遊到對岸啦！回頭一看，教練正在對岸向我招手，還豎起了大拇指。Yeah，我成功了，心裡的那個美呀！

　　從此，我天天去上課，老師教我更多的泳式：自由式，我只花了一節課的時間就學會了；仰式，我用了兩節課；狗爬式，半節課；蝶式，一節課……越遊，我越放鬆，更能感受到游泳的樂趣，我的身體在水中輕飄飄的，泳池裡的水就如棉花糖一般，軟綿綿的，真愜意！

　　我真的變成魚兒啦！我也能在水裡悠然自得了，在水裡的姿勢，也有點像「飛魚」了，雖然還趕不上「飛魚」的速度，但是已經有了說不出來的美感。心裡想，要不了多久，我也會有水中芭蕾運動員曼妙的舞姿。教練說：「堅持就是勝利！」媽媽也說：「事在人為，你能行！」我覺得他們的話很有道理，於是我天天練習，我的姿勢一天比一天優美，整個暑假下來，我真的脫胎換骨啦！

　　游泳的課堂上，我不僅學會了游泳，更懂得了一個道理：世上無難事，只怕有心人！心動不如行動，只要勇敢、堅持，做什麼事情都一定能成功！

啊，小馬蜂！

幾個星期前，我們正準備洗澡，忽然發現一隻小馬蜂，它繞著白亮亮的燈管飛來飛去，把宿舍裡的人都嚇得直發抖。有的人用浴巾把自己包得緊緊的，有的人嚇得逃到陽臺上，還有的人嚇得躲進蚊帳裡，這幾個同學非常膽小，都想躲開這隻小馬蜂。還有人提議，把小馬蜂打死。

她們幾個也真是，這麼一隻小小的馬蜂，就把自己嚇得魂飛魄散，也未免太丟人了吧！這麼一個弱小的生命，要是一下子毀了它的話，實在是太狠心了吧！我記得哪本書上說過，馬蜂是不會主動攻擊人的，除非人類威脅到它的安全。

所以，我就不當一回事，若無其事地進浴室洗澡了。接下來，我本來應該聽到悅耳的水聲，可是外面的掃把聲敲得震天響，簡直不堪入耳。

洗完澡，我打開浴室門，想看看小馬蜂的情況，可是我發現，那隻小馬蜂早已被打得奄奄一息了！我看了直發抖，頓時腿發軟。看著小馬蜂那可憐兮兮的樣子，似乎在向我求救，我心裡好難受：唉，小馬蜂真倒楣！

我走近一看，眼前的一幕真令人震驚：那隻可憐的小馬蜂正在和死亡之神做鬥爭，它不顧一切地掙扎著，嘴裡彷彿在呼喚著什麼。啊，我聽見了！它呼喚的是：加油！加油！我要再看一

眼這多姿多彩的世界！你看，多麼堅強的小生命啊！

　　正當我滿懷同情心地望著它時，忽然，一個大掃把再次重重地撲下來，正式結束了它的生命……

　　接下來的日子裡，我常常一個人心事重重地在校園裡走著，心裡總想著那個可惡的大掃把，腦海中總是浮現出小馬蜂垂死掙扎的表情，還有它被打死後零亂的肢體……可憐的小馬蜂，你與世無爭，卻落得如此下場。

　　雖說小馬蜂誤入了死亡之門，可是它的求生意志是那麼的強烈，三軍可以奪帥，匹夫不可以奪志，這句話用在小馬蜂身上真是再合適不過了！

　　從小馬蜂身上，我明白了一個道理：做人一定要有堅強的毅力，只要還有一線希望，就一定要盡力地去爭取，讓自己再有機會看看這多姿多彩的世界，哪怕只有一眼也好，哪怕一分鐘一秒鐘，都是非常重要的！

從挫折中奮起

期中考試剛剛結束，我最期待的當然是自己能取得優異的成績。以前每次考試，我都名列前茅，大多數時候是第一名，平時，同學們都稱我為「學霸」。這次，我也滿懷信心，對每一科的期望值都很高。

幾天後，科學和歷史的成績出來了，兩科都是99分。其實，我原本預期的是滿分，沒想到各被扣了一分。有道是：「期望越高，失望越大」。既然沒有達到預期的目標，自己內心便不免有些兒失落。

上學期期中，我考了四個滿分，這次我希望至少有一科能考到100。接下來的幾天，成績一科一科地出來。令人失望的是，一科比一科差勁：語文93，數學109（滿分120）⋯⋯對於這樣的分數，我當然不滿意。不過，我還是存在一絲兒僥倖，我想，地理，我學得最紮實，這一科得滿分，應該如探囊取物吧。

我給自己定下的考試目標，每一科都在95分以上，即使爸爸媽媽不在乎我的成績，他們覺得，做人的道德觀念比分數更重要，不過我的想法不同，就算父母不給我壓力，我也會給自己的學習施壓，逼著自己拿到第一名。

下午，我正與同學在教室裡開心地玩遊戲，忽然，幾個女生從辦公室跑來，其中一個女生跳到我面前，大聲叫道：「黃

詩倩，你的地理考了94分，有3個人比你高，其中還有個滿分呢！」聽到這個消息，我臉上的笑容頓時被狂風一掃而空，我的手在顫抖，我的眼神是那樣的驚恐，我惶惑地看著她們，結結巴巴地說：「什……什麼，怎麼會？我……去看看！」

　　我三步併作兩步，衝到老師辦公室，找到我的地理試卷。一看，天哪！我的心像被什麼東西重重地砸了一下，呼吸都幾乎停止啦！等我定下神來，原來，眼前的數字並不是虛幻的，一個刺眼的數字——「94」，清晰地寫在試卷上。我發了瘋似地找著錯了的那一題，什麼！我……竟然有一題沒寫！我再次睜大眼睛仔細看，是真的，我怎麼會犯下這麼低級的錯誤！就因為這沒寫的一題，我一下被扣掉6分！頓時，我覺得天在旋，地在轉……

　　一出辦公室，早就在眼眶裡打轉的眼淚如決堤的河水般奔湧而出。回到教室，我趴在桌子上啜泣。我很無奈，又不甘心。那道題我不是不會，只是粗心，沒看到。我無情地責備自己，罵自己太笨。

　　忽然，一陣輕柔的聲音在我耳邊響起，我抬起頭來，看見大家都圍在我身邊，輕聲地安慰我。但是悲傷與憤怒塞滿了我的心，我根本聽不進同學們的勸慰，恨不得把桌上的東西全都捧了，來發洩自己的不滿情緒。想到在考試前，我還被推選為地理輔導小老師，耐心地教同學們地理知識，誰知我不但落到第四名，還有人是滿分，感覺他是要奪走我「學霸」的地位。我既怕同學們嘲笑：「還學霸呢，考砸了吧！」還怕地理老師對我失望。平時，地理老師是多麼看重我！一想到這裡，我的心情就更加難過。

　　放學了，坐到車上，我看見媽媽一臉的慈祥，好不容易平

復下來的情緒再次爆發。我一邊哭，一邊向媽媽訴說：「我好難過，我的地理……考砸了，考砸了啊，嗚嗚……」

聽了我的哭訴，安撫中，媽媽帶著輕微的責備語氣說：「這一切，都是你自己造成的，老是這麼粗心，誰叫你做題時不仔細看題目呢？漏了題，又能怪誰？」聽到這樣的話，我哭得更傷心了。過了一會兒，媽媽又安慰我說：「好了，不就是一次考試嘛，至於嗎？吸取教訓，下次認真點不就行了。」

對呀，下次認真點！我恍然大悟似的，心情終於慢慢地好起來。

一路上，車上的人都保持沉默，安靜的環境給了我思考的空間：考試不僅是測試我們對知識的掌握程度，還檢驗我們應對考試的心理承受能力。對呀，一次考試失利算得了什麼？它只是我人生旅程中的一個小插曲。

回到溫馨的家，我心中的悲傷再次湧動起來，要不是家教老師分散了我的注意力，我的淚水一定會像海嘯般不可遏止。

晚上，我躺在床上，心裡的悲傷漸漸淡去，看著灰暗的天花板，我靜靜地思考著，覺得今天自己好脆弱，行為好幼稚：那6分，從來就沒有屬於過我，又何談「失去」呢？所以，我沒有必要為了它而傷心難過，那樣不值得。我的路還很長遠，怎麼能輕易被這6分給打垮呢？我做了一次深呼吸，感覺心情輕鬆了許多，先前壓在心頭的那塊石頭也輕輕地落下來。

我們活著，不只是追求成績或成就，漫長的人生路上，還有太多的事情等著我們去發現，去體驗。做人做事要懂得反思，一旦受到挫折，要保持積極樂觀的心態，俗語說：「塞翁失馬，焉知非福？」生活中受點「懲罰」或許是件好事。

　　人生的道路上，如果沒有坎坷，我們又怎麼懂得重新堅強地站起來？如果沒受到打擊，又怎麼知道反省自己？只有不斷地吸取教訓，我們才會成長，變得成熟。只有遭遇到更多的打擊，再通過一次次自我心理輔導，才能磨練出堅強的意志，逐漸成為一個見多識廣閱歷豐富的人。所以，給自己一個機會吧，給自己一個追求夢想、努力實踐的機會。當挫折一旦出現，不要總往壞處想，我們要勇敢地活出自我，成為一個生活的強者！

蒼勁的松樹

　　我們教室旁邊有一棵筆挺的松樹，它一年四季都是翠綠色的，很普通，也很常見，但是它的精神卻令人讚嘆不已。

　　每當人們提到歲寒三友——松、竹、梅時，令我最敬佩的便是松樹，它不僅在歲寒三友中排名第一，外形看上去也很筆挺，很有氣勢。

　　松樹一般能長到上十米高，樹幹的表面有一些粗糙的鱗片狀樹皮，它的葉子呈螺旋狀排列，一根一根的，上面帶些兒小刺，它的枝葉幾乎都不往上伸，而是橫著長，像松樹這些外形特徵，怎能不引起人們的注意？

　　松樹一年四季都是綠色的，它出生在這個世界上，就是來為大地增添生機，為大自然奉獻一切的。松樹從來沒向我們索取過什麼，只是默默地奉獻著，正因為它默默無聞，在生活中，人們很容易把它遺忘。可是，松樹不計較這些，依然盡心盡職地工作，哪裡需要它，它就出現在哪裡，不管風沙多麼狂暴，不管天氣多麼酷熱或寒冷，它們依然頑強地挺立在大地上，頑強地給人展示著希望的色彩，向人們傳達著生命的信息。

　　松樹還是松鼠的棲息地，是松鼠的生命之地，它是松鼠們舒適的家，它結出的堅果是松鼠的美食。松樹這樣無私的奉獻，是不是很有點像我們的母親啊？從我們呱呱落地的那一刻起，媽

媽就開始擔負起重大的責任了，她為我們做飯，為我們洗衣服，為我們洗澡，還關心我們的學習和思想成長，這些工作都是非常勞累瑣碎的，可是媽媽從不叫苦叫累，媽媽真偉大！

在生活中，媽媽就像一棵松樹。我熱時，它為我降溫遮蔭；我累時，讓我靠在「樹背」上休憩；我悶悶不樂時，它給我快樂……媽媽的愛是無私的，媽媽的愛是溫暖的，媽媽的愛是珍貴的，我一輩子都會好好珍惜這份無價的母愛！母愛如松，蔭庇著我！願我也能長成一棵蒼勁的松樹！

爬上山頂的喜悅

每當我看見一座座高峻的山嶺，便會想起那次爬山的經歷……

那一次，學校舉行爬山活動。平時，我不大喜歡運動，所以對這個活動有些抵觸情緒。可是學校舉行的活動，又不得不參加。

我們來到鳳凰山下，抬頭一望山頂。哇，可真高！我爬不爬得上去呢？看著雲遮霧繞的山峰，我頓時兩腿酸軟。唉！還沒進入戰鬥，先就折了鬥志。

一路上，我斷斷續續地往上爬，一會兒走，一會兒停下來休息，動不動就想向後轉。每當這時候，山峰就站在雲端嘲笑我：「哼，才爬幾步就想放棄，你連我都征服不了，以後還能成為什麼大人物？真沒用，哈哈！」我不知道，這嘲笑是不是一種鼓勵，反正這時候，我的腳步加快了，還拋開了「退縮」的念頭。

我很努力地爬著這座山，儘管流了很多汗，每一步都很沉重，可我至此不再放棄，心裡只有一個念頭：就快了！山峰就在你頭頂，只要不放棄，一定能成功！

既然堅定了信念，就再也沒有什麼東西能阻止我登上山頂，我想，沒有哪一樣東西會比我心裡的那塊石頭更堅固。

　　經過兩個小時的奮鬥，我終於登上山頂。我好開心哦！嘿，山峰，我終於征服了你！山峰也心甘情願地對我俯首稱臣。我站在山頂，大自然送來的涼風，把我的疲勞吹到九霄雲外去了，我身上只有輕鬆和喜悅。我望著山腳，一股自豪之感油然而生。

　　從這以後，只要一看到山，我就會想到那次艱苦的爬山，臉上就會露出幸福的微笑。其實人生又何嘗不是這樣，它會帶給你無止盡的折磨，而你沒有理由選擇退縮，要克服重重困難，繼續向前走，那種自豪感和喜悅感只能靠自己去體會。我這才懂得了「不經歷風雨，怎能見彩虹」的深刻含義。

歷史是一面最好的鏡子

有人問：「學習歷史是為了什麼？」我覺得這個答案很簡單，學習歷史就是為了避免重蹈前人的覆轍，相當於把古人當作一面鏡子，我們所做的許多事情，差不多都能從「鏡子」裡推演出結果，要不，司馬光怎麼把他編纂的那部歷史巨著命名為《資治通鑒》呢？

每個人都有犯錯的時候，但是時過境遷，終究會成為歷史，剩下的只有彌補。後人一定會看到你犯錯誤的後果及其嚴重性，至於以後人們對你的評論是好是壞，你都必須接受，無法逃脫。

時間不等人，剛才的那一秒過去了，已成為歷史。至於後人會怎樣評價那一秒，那只是後人的事了。在中國古代，發生了許多事兒，例如：匈奴大舉進攻中原，漢元帝派王昭君出塞和親；唐明皇沉迷於酒色，導致安史之亂發生；臺灣分別被荷蘭殖民者和日寇侵占……近現代中國還發生了辛亥革命、文化大革命等。學歷史時，我們經常會碰到「農民大起義」這個詞，每個朝代都有自己統治不當的原因，最後導致農民起義發生。像這種歷史背景，最適合給當代的統治者們借鏡了。如果當代的統治者能吸取前人的教訓，或許可以減少許多無法預料的悲劇。

歷史上遺留下來的典故也能給我們以警醒。比如《守株待兔》，它教給我們的是：要想得到回報，就應該自己去創造機

會，而不是在那裡傻乎乎地等著；《扁鵲見蔡桓公》告訴我們：有病要及時去治療，不要拖拖拉拉，而且不要總是高高在上，要嘗試著接受別人給出的有利建議；而《破釜沉舟》則教導我們，要想做成一件大事，你必須下定決心，不顧一切地幹到底……

這些成語典故都是非常實用的，每個故事都包含了不同的意義和道理。當你真正的理解了，你就會發現，這些成語故事給了我們許多有益的啟示，如果我們讀懂了這些故事，卻還要去犯同樣的錯誤，那麼我們所承受的後果，也只能說是活該了。

當然，歷史上也出現過許多英雄。例如：張騫出使西域，文天祥寧死不降敵寇，鄭成功收復臺灣，戚繼光剿滅倭寇，鄭和下西洋等等，他們的事蹟受到後人的稱讚，於是他們的名字千古流芳。

當我們正在為哪件事情煩惱時，我們可以採用歷史上的幾種聰明的方法來解決。我可以說，現代許多先進的發明，都屬於古代那些不起眼的小玩意兒的升級版。比如像「鏡子」，以前人們會從水的倒影裡看到自己的樣子，就造出銅鏡，取明亮平面的反光來照見自己的身影。現在，人們發明了玻璃，用玻璃做出的鏡子，用起來方便極了！

「一切古代史都是當代史」，這句話說得真好。無論是為了避免歷史悲劇的重演，還是為了把事情做好，我們都可以積極地從歷史中尋求答案。

做一個普通的人

在人生中，在生活裡，每個人都有自己的嚮往和理想，每個人都想做自己理想中的人。有人想做有錢的人，可以大手大腳地花錢；有人想做一個成功的人，讓全世界的人都讚賞他；有的人想成為總統，讓普天下的人都聽從他的命令……而我卻不同，我只想做一個普通的人。

我想做一個普通的人，過著其樂融融的生活。我要跟我的家人生活在一起，共度美好的時光，享受親情的溫暖……以後，如果我在人生道路上遇到挫折，不管是被友情還是愛情背叛了，我依然相信，親人是不可能拋棄我的。這個時候，也只有我的家人來填補我內心的空虛，撫慰我心靈的創傷。

我想做一個普通的人，有著快樂的生活。生活中，難免會有煩惱。但如果你不去擔心害怕，你就會感到很輕鬆。快樂的生活是靠自己創造的，是由自己的心情來決定的，所以要讓自己隨時保持樂觀的心態，去面對所遇到的困難，要相信，就算跌入谷底，也會有人來拯救你，人生總有轉折點。老天是公平的，是眷顧我們的，請不要對人生失去信心，也不要對人性絕望，試著不去煩惱任何事情，順其自然，做個純潔的自己就好。

我想做一個普通的人，過著簡單的生活，不追求名譽與金錢，至於出人頭地，我更不敢妄想。或許那樣的人是高高在上

的，可是若是哪一天，你突然墜落了，不僅不習慣平凡的生活，還得面臨周遭對你的議論與唾棄。那時候，你會感到很尷尬，會以為從前的生活都是虛幻的，一點意義都沒有。如果陷入困境的人是我，我想，我是沒有勇氣面對這些痛苦的。所以，還是做個簡單又普通的人最好，無所牽掛，無憂無慮，不需要應付突如其來的龐大挑戰，我覺得，平靜的生活才是最美好的。

　　我想做一個普通的人。這樣，生活才會更快樂，更幸福，更美滿。我只想當一個世界公民，一個平凡的地球人！

可憐天下父母心

今天，妹妹跟媽媽吵架了。原因是：妹妹快12歲了，體型完全走樣，媽媽希望她控制一點飲食。可是，一聽到要她節食，妹妹的臉就變得很臭，總覺得是一種「虐待」，於是就反抗起來。

「哎！你少吃點行不行，注意減肥啊。」媽媽擔心地說道。

「那你要我餓死啊！」妹妹很不禮貌地頂嘴說。

「沒有，只是讓你少吃點，不然太胖了。」

妹妹不開心了，把筷子一丟，任性地說：「哼，我不吃了！」

每次被戳到「痛處」，妹妹都會這樣耍脾氣，而媽媽最討厭妹妹這樣，於是就火了：「你每次都這樣，不吃就不吃，你嚇誰？」

妹妹聽了，感到很委屈，眼淚汪汪地跑回自己的房間。而我，一直坐在餐桌旁邊，傻楞楞地看著這對賭氣的母女。

妹妹在這個年紀，總愛吃一些高熱量的垃圾食品和零食，一旦胖起來，如果沒毅力，一定很難減下來。更何況，她還不了解「美」的內涵，媽媽要斷了她的嗜好，她當然不服氣，才會跟媽媽吵起來。

其實像這種情況，我也經歷過不少。想當年，我也是妹妹這樣的年紀，是個圓滾滾的「胖女孩」，對「吃」充滿了無限憧憬，看到美食會垂涎欲滴。媽媽為了我的身材不走形，只要在身

邊，她便會時刻叮囑我，那時候，我也是很不耐煩。

　　記得有一次，全家人一起出去吃飯，看到一盤盤佳肴端上桌，我迫不及待地拿起筷子，先夾了顆炸丸子，馬上往嘴裡塞，真好吃哦！我趁媽媽不注意時，又偷偷夾了一顆，急忙往嘴裡送。

　　「吐出來！」媽媽厲聲地說。

　　我被突如其來的這句話嚇得「魂不守舍」，可憐兮兮地看著媽媽。媽媽的眼睛越瞪越大，我全身直打哆嗦，最後，還是極不情願地吐出來了。爸爸在一旁看得哈哈大笑，我卻是淚眼汪汪。

　　每天晚上，爸爸都會吃夜宵，不是牛排，就是雞湯。爸爸見到我的第一句話永遠都是：「啊喲！小胖妹呀！」他老是笑我胖，可是一到夜宵時間，又喜歡往我嘴裡塞東西。媽媽呢，就在一旁阻止他。有時候，我會突然覺悟，下定決心不吃，可是有時候，我會跟爸爸結成統一戰線，共同「戰勝」媽媽。最讓我委屈的是，那時候，媽媽和妹妹都很瘦，看到好吃的夜宵，她們也會湊上去吃，而我吃的時候，就是不允許。對於一個小孩子來說，心裡當然覺得是滿滿的不公平，認為是一種「虐待」，怎麼可以這樣對待自己的小孩呢！

　　小時候，因為經常跟在媽媽身邊，便經常受限制：不能吃零食、不能喝飲料、不能吃冰的，至於麥當勞、肯德基，就更不用想了。所以，如果有人說要帶我出去玩，我總是毫不猶豫地跟去，我知道又有好吃的嘍！

　　有一次，一個姐姐說要帶我去吃燒烤，媽媽正忙著，為了打發我，便答應了。

不一會兒，我們來到燒烤的地方。這裡有點像夜市，不僅有燒烤攤、玩具攤，還有一間大超市。琳瑯滿目的燒烤攤子真是讓我大飽眼福，沒有媽媽在身邊，真自由！於是，我毫不客氣地點了一對雞翅，兩根雞腿，一盤薯條，一盤青菜，一碗麵和一塊牛排。你們一定很驚訝吧，知道嗎？我從小就是「眼大肚子小」，只要媽媽不在，我就會讓肚子管個夠。

　　點了這麼多美食，我感到渾身輕鬆。嗨，實在是太快活啦！食物一盤盤地端上來，我像個逃荒的難民般狼吞虎嚥，滿滿的笑容洋溢在臉上。不知不覺中，我吃飽了，可是面前的食物還剩下一半，姐姐又說不可以浪費，該怎麼辦呢？從小，我即使吃得再飽，只要是好吃的東西，我一定都要吃進去。於是，我拼命地塞呀塞，直到最後吃得幾乎站不起來了，才停止咀嚼，眼前的美食也只剩下四分之一。

　　姐姐還在一旁跟朋友吃飯，我要了點錢，決定去超市逛一逛。走到飲料架，看到柳橙汁，我毫不猶豫地拿了一瓶，奔向收銀臺。結完帳，我打開蓋子，咕嚕咕嚕地喝下去，沒想到才喝第一口，我就飽得想吐，最後實在無法，只好忍痛把它丟了。

　　過了一會兒，肚子不再像之前那麼脹，我以為已經消化完了，又跑去超市買了瓶奶茶。跑到旁邊的停車場，打開一喝，「嘔——」這次，我真的吐了，吐得好難受，眼淚不停地往下掉，頓時，我感到後悔了：如果媽媽在身邊，我一定不會撐成這樣的。

　　四年前的暑假，爸爸帶我和妹妹出去玩，媽媽因為工作，不能陪我們，剛聽到這個消息，我和妹妹都很興奮：太好啦！媽媽不用跟去了！

　　由於起得太早，一上車，我和妹妹就昏昏欲睡，不知過了多久，等我們睜開眼睛，竟在一座山上。看到眼前是一個小吃攤，旁邊是便利商店，我無心欣賞美麗的自然風景，直接向爸爸要了錢，和妹妹直奔便利商店。一進去，各式各樣的零食擺在眼前，平時跟在媽媽身邊，我們連看都看不到。我拿了些零食，跑到賣冰沙的地方，那是自助的，有西瓜口味和檸檬口味的，我覺得新鮮，拿了一個小杯子，拉下西瓜口味的桿子，冰沙大量湧入透明的杯子裡。我拿著冰沙和小零食去結帳，和妹妹在小攤子那裡找到了正在吃麵的爸爸，我們各自找了把椅子，坐下來就搶著冰吃。可是，冰的東西，哪能吃那麼多呢，吃著吃著，兩個人對冰沙的興致很快就沒了，便停下嘴來，把剩下的一半冰沙丟掉了。

　　過了一會兒，我們的興致又來了，再次跑向便利商店，買了檸檬口味的冰沙，兩人又只吃了二分之一，把剩下的丟掉了。我的肚子已經很脹，但是，我不放過任何吃的機會，於是打開之前買的零食，再次和妹妹開心地吃起來。突然間，我的肚子感到一陣劇痛，想必是冰在肚子裡作怪吧。從小，只要我吃冰，沒幾口，我就會咳嗽，嚴重時會肚子痛。這一刻，我的感覺簡直是痛不欲生。爸爸對我的情況束手無策，我肚子痛得太厲害，這時候我才一邊冒著冷汗一邊想：要是媽媽在身邊，我一定不會這樣的。

　　隨著年齡的增長，我漸漸明白了媽媽的用意，明白她在身邊的重要性。因為有她，我才能避免「大災難」。即使被罵得再多，她的出發點始終只有一個：對我們深深的愛。

　　現在，我已經減肥成功，過程雖然很辛苦，我依然為自己

流下的每一滴汗水感到驕傲。有時候，我還會自責：為什麼不在那時候就乖乖地聽媽媽的話，搞得現在這麼辛苦呢？

可是，這就是人啊。我們永遠都在成長，不斷地認識新世界，從幼稚無知到成熟穩重，這是一個漫長的階段，需要接受時間的洗禮，才能漸漸明白事理。回首往事，那時候的你是多麼讓父母擔憂，很多次以為自己戰勝了他們，可是現在才明白：那只是父母對於我們的忍讓。

父母對孩子有著無限的期盼，我們不斷地被原諒，獲得改過自新的機會，才能成為一個讓父母驕傲的人。天下的父母都這樣，用一生的心血來培養孩子，將自己一生的希望都寄託在孩子身上，望子成龍，望女成鳳，這只是父母一個簡單的願望，我們為何不幫他們完成呢？

父母對孩子的愛是無私的，不是我們能償還得起的。而我們需要做的只是通過時間，讓自己變成一個懂父母、體貼父母的人，做一些力所能及的事，來減輕他們的負擔，這也是對他們無私付出的感謝。

家是所有人同心協力建立起來的，理所當然的，每個人都需要付出一份努力，共同讓這個家變得幸福美滿。

其實，人一生就像在玩辦家家酒，從小時候的可愛無知，逐漸成長為一個有出息的年輕人，讓世界看見你為自己拼搏的熱情，接著是邂逅到愛情，結婚生子，完成終身大事。每個人在這個家都扮演著自己的角色，爸爸為了家庭早出晚歸，孩子守著學生的本分，乖乖去上學，而媽媽在家裡忙家務，做飯，等待回家的老公和小孩，每天重複著同樣的瑣事，大家在一起的生活，常常會因為一個笑話而充滿快樂。人生就是這樣，有時候很無聊，

有時候很精彩，忽然間，人的一生就過完了。

　　打從父母把我們生下來，我們就已經欠下一份永遠還不完的人情。在你跟父母鬧矛盾的時候，你應該反思一下，父母為什麼會跟你鬧不愉快，這是作為一個成熟孩子該有的做法。不要等到他們哪天走了，才後悔沒有珍惜和他們在一起的時光，難道只有離別才能解開你的心結嗎？你一時的無知只會讓時間溜走，悄悄地帶走你的父母，悲傷裡會充滿後悔與遺憾，這將是你一輩子犯下的最大的錯誤。時間不等人，抓住每一分每一秒，留住父母的愛，不要悲哀到只能從記憶裡獲得，如果更多的是爭吵，就太不值得了。

　　一家人本來就該互相包容，小時候，父母就已經無條件地謙讓你無數次了，他們夠委屈了。現在長大了，是你包容他們的時候了。意見分歧時，你應該理性地站在父母的立場上，想想他們是怎樣認為的，而不是急於表達自己的觀點。所有人的思考方式都不盡一樣，一個問題可以有千百種答案，你的不是唯一。所以，你不要任性，也不要倔強。

　　媽媽經常跟我們說：「你們是什麼樣的人，以後你們孩子的個性也會是這樣。」即使我知道這不一定，但是我寧願選擇相信，因為我相信：只要做錯事，就一定會受到報應。如果你是個不體貼父母的小孩，那你憑什麼讓自己的小孩尊重你呢？當你在照顧這樣的小孩時，會體會到作為父母的艱辛，可這就是你爸媽照顧你的感覺呀！

　　老天將你賜給這個家，一定有他的用意，你是上天賜給父母的禮物，為這個家帶來幸福，陪伴著他們走過歡笑、悲傷，挫折與失敗，這是你的「使命」。

其實，天下父母心很單純。所以，不要讓他們失望，請幫助你的父母實現他們的心願吧！

我的網路觀

　　隨著現代科技的不斷發展，人們的生活越來越便利，而網路在生活中起到了很大的作用，當然，網路也存在弊端。

　　網路是全球人的交流平臺。人們可以運用社交軟體，如：QQ、微信、微博等來進行交流。不管兩人之間的距離有多遠，他們依然可以通過這些軟體表達思念，認識新的朋友，聊天……像微博這個軟體，只要你發一條信息，全球人都有機會看到。所以只要你心裡有不開心的事情，隨時發一條微博，就能向大眾輕鬆地傾訴心聲，釋放壓力。

　　網路可以放鬆人的心情，消磨人的時光。有時候，我們會感覺生活平淡乏味，正好通過網路遊戲放鬆自己，尋求娛樂。

　　網路上可以隨心所欲地購物。如果我們懶得出門去採買需要的東西，那麼直接登錄淘寶，聯繫賣家，確認送貨地址等。沒幾天，我們就可以收到訂購的物品了，而且價錢比實體商店的便宜許多，既方便又實惠！

　　網路可以幫助你迅速獲取新信息。比如像國際新聞、娛樂新聞或國家政治動向等，這讓我們能夠及時掌握到全球發生的各種大小事，時刻關注新聞，做一個合格的世界公民。

　　網路也可以作為商業平臺，是賺錢的另一種方式。有空餘時間，我們或許可以考慮開一家網路店鋪，既可營利又可培養你

經營管理的能力。

　　除了網路的便利，我們當然數得出它的弊端。

　　如今，人們的思想變得創新、開放，研發出刺激、好玩的網路遊戲來賺錢。雖然，適當的玩樂也是不錯的。但是，太多的學生沉迷於此，玩物喪志，放棄學業，嚴重影響視力，這也是為什麼戴眼鏡的小孩越來越多的緣故。

　　男女老少都在用網路，可是，不同年齡階段的人所接觸的信息是不同的。如果那些只適於成人的思想言論公布在網上，甚至做成首頁，不小心給小孩看到了，嚴重的話會扭曲孩子正常的人格，玷汙他們的思想，傷害孩子的身心健康。

　　有時候，網路會讓人變得執迷不悟、不理智。記得有一陣子，很多人都喜歡跟別人比微博上的粉絲，以至於有人還花錢去加買更多的粉絲。我不知道比較這些有什麼用，完全扭曲了這個社交軟體原本存在的真正意義嘛。

　　這麼說，網路的好處多的是，弊端也不少。如果政府能夠控制色情信息和不利於年輕人心理層面的網站，網路就一定會變得更加有益！

相信自己的眼光

昨天，我們班的黃澤懿做了新髮型、穿著新買的衣服回到學校。一到宿舍，她就跑來問我：「我的頭髮新造型怎麼樣，衣服顯不顯肥？」我這個人，即使自己認為不好看的東西，也會說「ok」。不過這次，我真的是從內心裡表示讚賞：「嗯，造型真的很不錯！」

黃澤懿噘著嘴巴說：「可是，我剛剛去隔壁，瑤瑤說我好醜，搞得我都不敢去教室了！」

「哎呀！沒事的，對自己要有點信心嘛！」

就這樣，我一直鼓勵她，希望她找回自信。兩個小時過去了，一看時間，就要上課了，我用幾句話把她給「打發」走了。我以為這件事情會因此而結束，唉！我想得太簡單了！

第二天，在去教室的路上，我又遇見黃澤懿，見她穿著新買的衣服，我心裡鬆了一口氣。可是沒想到，她又用憂心忡忡的眼神看著我，問：「你覺得……我穿這件衣服……好看嗎？會不會很醜？」

我從來沒見到一個人把這種小事看得這麼重，終於忍不住了，說：「這件衣服是你自己買的吧。」

「對。」黃澤懿回答。

「那麼，這件衣服，你因為喜歡才買的，對不對？」

「嗯。」

「好，既然你喜歡它，為什麼要在意那麼多呢？」

「我……就是怕別人……在背後說什麼嘛！」

「聽我說，你並不胖。人穿衣服，是穿給自己看的，只要穿出自己的風格與特色，就是獨一無二的美。別人的評價，也只是用她們的眼光來衡量你的東西。聽聽就行了，沒有必要去在意它，做好自己就行。因為你喜歡這件衣服，所以你才去買，不是嗎？」

黃澤懿認真地聽我講，時不時也點頭或低下頭來思考我的話，以表示贊同。

接著，我又說：「有時太在意別人的眼光，是對自己的一種束縛與折磨。明明自己覺得不醜，幹嘛因為別人的幾句話，讓你穿得『提心吊膽』呢？穿衣服就要有自信，相信自己的眼光，就絕對沒有問題。別人並不懂你的風格，為什麼你要想這麼多呢？」

黃澤懿覺得我的話有道理，頃刻，她恢復了一如既往的自信，說：「我發現，每次我有不開心的事情來找你，一傾訴，你只要幾句話，總能把我安慰得很好，你是不是有種魔力呀！」我們兩個都咯咯地笑起來。

來到教室，一個調皮的男生蹦到黃澤懿面前開玩笑說：「胖子，你穿這件衣服，胖死了！」旁邊的幾個男生也跟著附和。我在旁邊觀看著，不打算上去幫她說話，只期待黃澤懿自己的回答。

「要你們管！」只見黃澤懿拋下擲地有聲的幾個字，便回到座位上。

　　我頓時對她的舉動感到驚訝。平時的她聽了這種話，臉上會顯出不能得到別人認可的失望表情。這次，她的反擊，讓我為她感到驕傲。

　　晚上，回到宿舍，躺在床上，我靜靜地想著這件事，覺得自己從中也受益了許多。

　　平時的生活中，很多人受到打擊後，心中難免會有一點自卑。原來的自信，那顆迫不及待想和朋友分享的心，也被打落一地。

　　但是，不要只顧著傷心，為自己加油打氣吧──你要在心裡默默地說：這是我自己獨特的風格，別人不懂。如果因為別人隨便的幾句話，自己就傷心，那對自己也太不公平了！我們要相信自己的決定！

　　如果你理解了這些話的含義，自信將會永遠跟隨著你。不管在哪裡，你總能呈現出最美的自己。如果某種風格跟自己並不合拍，為什麼要逼著自己去接受呢？

　　如今，許多年輕人都喜歡趕潮流，尤其是韓流。不管是不是自己真心喜歡的，都願意掏錢去買。只因為不想被人說：「現在都不流行這種了！你已經out了！」我呢，並不在意這些閒言碎語，寧願當個別人眼中的「土人」，也不違背自己的心。所有這些，都是媽媽教給我的。

　　每次陪媽媽去百貨公司買衣服，她在試穿某一件衣服時，總喜歡在鏡子面前左照右照，只要覺得它會把自己身體的缺陷顯出來，就要脫下。而售貨員小姐想方設法地「阻止」她：「現在都流行這種的！」媽媽從不被說服，始終不聽信這種不靠譜的話。

媽媽堅持自己的風格，要是年輕人用今天潮流的眼光來看她的衣服，不能說有多好看，可是穿在她身上，就有一種說不出來的高貴氣質與魅力。

　　穿衣服是給自己飽眼福的，問別人的意見，只是希望享受到那一份認可。誰都不敢說自己買的一件衣服，別人都喜歡，可能十個人裡，有兩三個人，會因為和你審美觀有分歧而說「醜」。當你受到不會說話的人的打擊，請不用在意，即使被人用大眾的眼光異樣地看待，也絕對不要「委屈」自己。

　　潮流都是跟風的，眼下的潮流很快會被另一種新的潮流所代替。幾個月後，再拿出之前的衣服，不禁會對它產生一種厭惡感，甚至不願意再穿。那麼，你花的錢就不值得了。所以，趕潮流並沒有什麼意義。

　　當然，那些習慣說「批評」話的人，也該管管自己的嘴。即使真的不喜歡別人的東西，也應該把話藏在心裡才好，不要讓別人太傷心，頂多給點意見就行了。尊重別人的決定並給予支持，這是作為一位朋友基本的責任。

　　人活在世界上，就要充滿期待與自信，努力把自己的獨一無二分享給大家！

我是個不虔誠的基督徒

　　我認為，「宗教」是一個神秘而富有震撼力的東西。它會在人們「犯罪」時，給予一定心理上的懲罰；在人們傷心時，鼓勵人們看到人生的希望；在人們開心時，願意與大家共享那一份快樂，同時，也不忘給點精神上的打擊，來壓制住人們驕傲的心。

　　「宗教」解釋了人們許多的感情，比死板的科學要來得更親切。雖然籠統，但是每句話都隱藏著令人費解的含義，是需要花時間來領悟的。

　　如今，許多人都有宗教信仰，而宗教派別也是種類繁多。常見的三大派系：佛教、基督教、伊斯蘭教，這些宗教的信徒是眾多的。每個宗教都有自己的理念，但是不管它們的思想差異多大，最核心的內容都是一致的——「仁」。

　　每個人都有著信仰宗教的不同原因，像我們家族信仰基督教，是為了精神上的寄託。在臺灣，教會是很多的。我理解的「教會」就是指招收虔誠的基督徒，大家組成團體，每周六早上10點要去教會唱詩班，還要布道等等。

　　雖然臺灣的許多家族信仰基督教，也還是有人信佛教和道教，在我們這個小家，宗教信仰是自由的。媽媽曾經想過入佛教，但是無法將心和時間投入到研究經書裡面，只好放棄了。

現在，我是個基督徒——一個不很虔誠的小信徒。在決定信仰基督教之初，我就在手機上下載了電子版的《聖經》。我把這件事告訴給父母，他們沒有阻止我，也沒多在意，只叫我「神經病」。父母覺得，做好自己就行，信教只是浪費時間，所以沒人帶我去教會。

　　我長期生活在大陸，發現大陸的教會並不多，所以，即使我想當一個虔誠的基督徒，條件也不允許。

　　說到我信仰基督教的原因，還得從我堂哥說起。

　　有一次，媽媽帶著我和妹妹回到臺灣，堂哥來機場接我們。路上，媽媽一直在跟他聊天。

　　「最近怎麼樣？」媽媽問道。

　　「還好，就是入了基督教，已經三四個月了。」堂哥回答。

　　「啊，入了基督教，為什麼？」

　　堂哥認真地說：「你也知道，我和雅慧（堂哥的妻子）的關係，這幾年，也不知道為什麼，我們老是為一些雞毛蒜皮的小事爭吵不休。有一次，我跟一些信仰基督的朋友吃飯，跟他們聊天，覺得他們都活得很開心。所以我就想，這些朋友明明都很窮，為什麼比我過得快樂呢？我決定帶著全家去入基督教試試。三個月過去後，我把酒都戒了，發現我真的變得快樂了，跟雅慧的關係也變好了，能互相理解了。」

　　「哦，原來是這樣，挺好的。」媽媽說。

　　我在一旁默默地聽著，反覆地思考著堂哥的話，心想：基督教真的有這麼神奇嗎？

　　有一天，我去堂哥家玩。一到他家，發現他們都在收拾東西，我問：「你們在幹嘛？」

堂哥說：「我們要去教會了，今天是星期六啊！」

我正打算回家，突然聽到堂哥說：「唉！黃詩倩，你要不要和你妹妹一起，跟我們去教會？」

我頓時興致大發：「可以嗎？」

經過媽媽的允許，我們出發了。第一次去教會，讓我產生了莫名的興奮，一路上，我們聊個不停。

堂哥告訴我：「開這間教會的牧師和師母是韓國人，他們的中文都說得非常好。師母本來在俄國的一所大學裡留學，主修鋼琴。回國後，以她的學歷，本來是可以賺很多錢的，但是她放棄了，決定全家到臺灣來傳布福音。」

哇，好偉大！為了傳播基督教，他們放棄了對金錢的追求，一般人是無法做到的，這難道就是耶穌的魅力嗎？

經過半個小時的車程，我們終於到達目的地。一時，我的心情變得緊張起來。

走進教堂一看，裡面早已來了很多人。我怕別人會用異樣的眼光看待我：她是誰？她好像沒來過吧。突然，嫂子湊近我耳邊：「沒關係，不用怕。這裡的人都很熱情的，基督教有個主旨：只要你是個虔誠的信徒，不管你是誰，大家都會歡迎你的。」聽了嫂子的話，我心情放鬆了許多。這時，師母走過來，一看到她，我覺得好親切。師母說：「歡迎你來到這裡。」

人們有說有笑，好熱情，我坐在一旁仔細地觀察。

不一會，教會的活動開始了，大人都坐在椅子上，小孩坐在地板上。我不想坐在前面，因為太顯眼，所以和妹妹一起，坐到後面的凳子上。

首先，大家要站起來唱歌，由師母彈鋼琴。這樣的旋律，我還是第一次聽到，是能讓人安靜的音樂，大家在一起的合唱，讓鋼琴的聲音更有魅力，歌聲更雄渾，場面顯得更盛大！

　　接下來，就到了每周輪流布道的時間。這時候，嫂子上臺了，她臉上沒有一點兒羞澀。事實上，她講的話，我一點也沒聽懂，但是從她的話裡，我看出了她身為基督徒的自豪。

　　然後就是牧師講道了。牧師打開屏幕，放映他做的PPT。牧師先講的是一幅三角形的圖，上面從上到下有四個層：玩、學習、做個虔誠的基督徒和體貼父母。牧師問坐在前面的小孩：「你們覺得這幅圖的排列正確嗎？」

　　「不對！」大家齊聲回答。

　　「那你們是怎樣排序的呢？」不同的答案紛紛湧來，牧師靜靜地傾聽著。

　　這時，他放到下一張圖片，照樣是個三角形，只不過是倒過來的。牧師看著孩子們說：「應該是這樣的，父母是生你們、養你們的，你們要心存感激，所以體貼父母是最重要的；接下來是當一個虔誠的基督徒，耶穌是造物主，你們要永遠尊敬他；再來就是學習，這是你們的本分；當然，你們是孩子，玩還是要玩，但不是最重要的，所以放在最後一位。」我認為這樣的排序很有道理，心裡表示贊同。

　　之後，我感覺無聊起來，坐在椅子上，我昏昏欲睡，不停地打哈欠，睡眼惺忪的我有好幾次打瞌睡到差點摔倒，我心想：這無聊的時刻什麼時候才能結束啊！我看了看周圍的人，他們都聽得很認真，我太佩服他們了，便逼著自己打起精神，好好聽講道。

　　難熬的一個多小時終於過去了，我沒想到會有結束的這一刻，除了一開始的三角圖，後面的，我什麼也沒聽進去，也沒興趣。本來以為可以回家了，沒想到還要再分組。依照年齡，所有信徒都被分配到不同的教室，再學習小組長準備的資料。我們的組長是菲律賓人，中文並不好，還要帶著臺菲混血的兒子來翻譯他講的英文。

　　接下來的環節沒有像剛剛的那麼無聊了。組長找的資料是英語和簡體字的，我和妹妹在大陸讀書，正好派得上用場。當組長要求我讀一段文字時，原來無趣的感覺立刻消失了，瞬間有了自豪感。我讀完那一段，心中久久不能平靜，這可是我今天第一次在大家面前表現哪！我突然變得興奮起來。

　　回家的路上，我疑惑地問：「難道你們不覺得聽牧師講道很無聊嗎？我都要睡著了，還差點摔倒。」大家聽了哈哈大笑。嫂子笑著說：「你想想，聽道其實是件幸福的事。多懂點對自己有好處。」我點了點頭，但是，一想到剛剛難捱的痛苦時間，簡直讓人痛不欲生，給我留下揮之不去的「陰影」，我心裡默默地說：「這輩子，我再也不去教會了！」

　　但是沒想到，幾個月後，一位叔叔跟我說：「人還是要有信仰比較好。」我並不懂這句話的含義，決定嘗試一下，也就懵懵懂懂地加入了基督教。由於《聖經》的前面主要是講耶和華的誕生，是一些小故事，所以，我每天都會看幾篇《聖經》，再把讀到的跟媽媽複述一遍，她也聽得很認真。

　　幾天後，隨著《聖經》章節的展開，故事中人物的關係變得越來越複雜，我發現沒有毅力再繼續堅持看下去了，從此，就沒再去碰《聖經》。

本來以為，我就這樣跟基督教斷緣了，不，當然不是。自從我信了基督教，就覺得耶穌一直在我身邊，監視著我的一舉一動。

　　做錯事時，我會感到一種莫名的壓力，要去道歉，否則必定受到懲罰；我不小心說錯話時，就會覺得耶穌生氣了，逼得我不得不想辦法去彌補⋯⋯總之，我的生活中出現了新的壓力——耶穌的監視。

　　既然活得如此辛苦，有時候我會想：真的該信這個教嗎？可是，我已經無法「退出」了。我知道我不是虔誠的基督徒，但是，我心裡有耶穌。對於我來說，他就是我人生中永遠的監視器，時時刻刻糾正著我的錯誤，不讓我偏離正軌。

　　我不是個迷信的人，也知道耶穌只是人們編造出來的神。在我還不相信宗教的時候，只覺得它是個浪費時間的東西，甚至有人會為它走火入魔。很多時候，我都想問那些信徒：「既然你們那麼信耶穌。那，耶穌在哪裡呢？」

　　可是，等我真正認識耶穌之後，我才明白：宗教和科學是兩碼事，聯繫不到一起的。神不需要存在於這個世界上，他只要住在我們心裡就好。所以，從科學的角度去質疑宗教是不對的。

　　現在，我信仰基督教的方式不是讀《聖經》，不是飯前祈禱，更不是去教會。這樣看來，大家會認為我並不算是一個基督徒。但是，信仰宗教，誰說一定要做那些事情才能證明自己是信耶穌的呢？重點在內心，而不在你到底做了什麼。我讓耶穌住進我的心裡，犯錯誤的時候，我祈求他原諒；開心的時候，感謝他給了我這樣的機會。

　　宗教信仰提倡虔誠，但是有些人卻因此而走火入魔，這是

一種很愚蠢的做法，人一旦迷上了，無論別人怎麼勸，都無法自拔。你會為了它不惜一切——金錢、時間和自尊。不過一般人走火入魔到那麼深的程度，都是不小心入了「邪教」。那些心懷叵測的寺廟，目的並不是提倡「仁」，而是以賺錢為目的，它教你的東西並不能淨化你的心靈，反而有種魔力，能將你迷住，無知地把大量金錢往這個寺廟裡投。

所以我建議，要是你想有個信仰，就信一些大眾的，尤其是三大教派。這些以「仁」為核心的正當宗教，它們的存在是光明磊落的，是純潔的，值得我們去接近。讓神徹徹底底地住進心裡，給我們的生活一點壓力，不讓自己放縱，每天都進行自我反思，祈禱也是為了求神寬恕我們所犯下的罪行。

如果你覺得你的生活很無趣，過得不快樂，不妨試試看，能不能有個信仰！等你入了某個教，原本認為很荒唐的想法，會被拋到九霄雲外，你會感到精神上有了寄託，心也有了歸宿。你要是不信，不妨試試看。

要學會尊重別人

我常常想：世界上能夠詮釋出做人基本概念的詞語是什麼？將心比心、尊重……仔細地斟酌這些詞語，會發現它們之間有著密切的關聯。

有時候，我認為將心比心是生活中最重要的概念，尤其是彼此之間發生矛盾的時候，大家要是能將心比心，一切矛盾都會化為烏有。

人與人之間產生矛盾，常常是因為兩個人的思想觀念不同。如果發生了這樣的事情，我們不要只顧著生氣，應該站在對方的立場，琢磨一下他們是怎麼想的。當你了解了他的想法，知道兩人的思想上差異在哪兒後，再靜下心來心平氣和地談一談，或許就找到了最好的解決辦法。過後，你會發現自己獲益了許多。了解了不同人的想法，從他們的態度中意識到不同人的性格，哪些人跟你的風格合拍，哪些人會跟你發生衝突，以後，你就會盡量避免。更為神奇的是，你要是站在別人的立場上思考後，會覺得自己並不像之前那樣理直氣壯了，這是不讓自己受氣，也不讓別人受氣的好辦法。

生氣，只能讓自己內心裡受苦，既氣不死別人，還會傷害自己的身體，何必呢！所以我們要保持愉悅的心情，開開心心地過好每一天。

　　有時候，人們因為過分相信自己的能力，以為自己對事情的發展趨勢有著十足的把握，才不願意聽取別人的想法。或許他們的方法更創新，更適合，可是，卻被你的高傲與固執淹沒了，豈不可惜？如果你從人家的建議中發現了缺陷，及時向人家指出，既可把人家說服，又讓人對你萌生出一絲感激，你何樂而不為？

　　有時候，我覺得「尊重」這個詞很重要，尤其是在人與人之間相處與交流時。

　　想必大家都聽說過「文化衝突」吧，它是因為人們思想根源的差異所產生出來的矛盾。尤其是在跟外國人進行貿易時，可能會因為理念不同，最終以失敗而告終。在交談上，你可能會不小心碰觸到別人的隱私，而被別人討厭。

　　比如西方人就不喜歡別人問他的年齡。可是，這對中國人來說，並不是什麼不可告人的秘密。我們覺得人都會老，年齡越大，越代表你對這個世界的了解更深，生活的經驗更豐富。照理來說，這是件值得炫耀的事呀！可是，這樣的解釋，老外並不能接受，他們的想法跟我們的天差地別，對於年齡保守的思想，早已根深蒂固地紮根在他們的腦海裡。這是一種文化的積澱，我們如果不尊重他們的文化，哪有辦事不碰壁的？尤其是到了國外，人家是主人，你要是不努力接受他們的文化，適應那裡的風俗習慣，怎能如魚得水地生活？

　　可是有時候，人們的隱私越多，就越難交到朋友。別人沒有這樣那樣的忌諱或習慣，要是你的隱私太多，人家跟你交談起來，就顯得很困難，生怕一不小心觸碰到你的隱私。在如此「艱難」的環境下，你自己會感到不快，大家在一起的歡樂氣氛也會

被打破。所以為了交更多的朋友，我們要先懂得為別人著想，為了朋友，你應當適時調整自己的習慣，嘗試著去接受別人的想法與理念，說不定，你會從他們那裡獲益呢！

其實，「將心比心」和「尊重」兩個詞語是密切相關的。老師在學校也經常教導我們：要尊老愛幼、體貼爸爸媽媽等等。但是可能因為聽得太頻繁，有些人會覺得老師囉嗦，認為她說來說去都是這幾個詞，真是無趣，這樣的態度常常致使我們不去反思。其實，看似簡單的詞語裡頭，卻藏著難以抗拒的重大責任，值得你花點時間和經驗去領悟。你敢說自己真的理解其含義並做到了嗎？

上天給了人類大腦，又將我們封為「高智商動物」，我們如果不好好利用大腦來思考，怎能對得起上天的恩賜？難道我們要變成一隻豬，每天只會吃飯，睡覺，從不思考，從不對周圍的事物提出疑問，要是過著這樣無趣的生活，你心裡是什麼滋味？

最近，因為生活中發生的一些事情，我再一次深刻地認識了「尊重」的含義。

有句話說得好：要想別人尊重你，你就得先尊重別人。人活在這世界上，都有自己的權利。不管權利、財產的多少，身份地位的高低，我們都希望被尊重。你要是剝奪了屬於別人的東西，他們當然會感到不快。如果你先為別人著想，他們會被你的誠意所感動，自然會欣賞你，願意跟你做朋友。

在生活中，人們總要互相體諒與謙讓，在彼此的珍惜中獲得快樂，而「尊重」便是感情維繫的紐帶。你要是能真正尊重別人，進入社會後，你也會被別人尊重。

　　我們活在世界上，不僅自己要快樂，還要讓別人快樂，這是一種無私的想法。當我們不尊重別人，他們一定會傷心難過，站在他人的立場上想想：假如今天我是那個不被尊重的人，我也會感到痛心啊！既然如此，當初，我們為什麼要讓別人感到傷心欲絕呢？

關於「公平」的思考

有一次，上完歷史課，一位同學跑來問我：「你說，蔣介石到底是好人還是壞人？」在大陸，一般人當然會回答：「壞人！」但是我思考了一會兒，回答道：「我認為他既不是好人，也不是壞人。」

「什麼意思？」那個同學疑惑地問我。

「你看，很多人說蔣介石壞，是因為他很殘暴，甚至發動了『四一二事件』來屠殺共產黨人，他的手段是極其殘暴卑鄙的，但是蔣介石為抗戰做出的貢獻可不小，還幫助延續中華民國的傳統與文化，人也很精明，總之，你好好去了解吧！」

晚上回到宿舍，這個問題依舊縈繞在我的腦海裡，我仔細地想了想：這世上的每個人，誰都不是好人，也不是壞人。誰不犯錯誤呢？不過，就算是再壞的人，也有善良的一面；再好的人，也會有瑕疵。

像中國的偉人毛澤東，他驍勇善戰，帶領共產黨與國民黨對抗，很勇敢，不退縮，成為人人都崇拜讚揚的對象。但是換一個角度來說，毛澤東因為發動了「文化大革命」，使中國在原地停滯了「十年」，很多人都說：「這是毛澤東此生犯下的最大錯誤。」

還有秦始皇嬴政，他雖然是第一個統一中國的英雄，但是

歷史還是證實了他是個著名的暴君。我常常問歷史老師：「為什麼歷史上總會有暴君？像秦始皇就是典型的一個。」而歷史老師回答說：「那有什麼辦法呢，他們生在那個時代，總會有野心，殺人也是人之常情。」

　　所以，看待與評價一個人，不要只相信你親眼看到和聽到的，說不定這中間有什麼誤會，一定要深入地去了解他，才能下定論。人總不是十全十美的，誰敢說孔子沒有缺點，沒有得罪過人？即使性格再好，再能吞聲忍氣，總會遇到跟你合不到一起的人，那不是你的錯，不同的性格碰到一起，就會發生衝突，因為你們看事情的角度不一樣，誰都沒有對與錯，如果隨便評論你們，就是對兩個人的不公平與不尊重。

　　說到「不公平」，我感觸很深。我覺得，世界上沒有絕對公平的事情。比如說曾經的世界跨欄冠軍「劉翔」，他最快最驚人的記錄是12.88秒，可是一位古巴選手羅伯斯以12.87秒的成績超過了劉翔，僅僅0.01秒之差，還是讓他超過劉翔，成為第一名，中國人的驕傲從此也少了一半。但是，有沒有可能問題是出在裁判員身上呢？可能是裁判給羅伯斯提早按了0.01秒啊，或許他的成績本來是跟劉翔的一樣，甚至還比劉翔慢。可是，數字是死的，就擺在眼前，我們只能接受。所以，那些支持劉翔的人，不要難過，因為它不一定公平！我們不值得為它心情鬱悶。

　　在生活中，人們常常因為遇到不順心的事情而感到氣餒，灰心。如果能夠再看得清楚點，每件事情的背後或許都藏著不為人知的秘密，還有別人設計的陰險圈套。這就是你的命運，老天給你人生的考驗，你需要去探索、發現和解決。這個過程不一定好受，可是只能忍，你得深知：這一切都「不公平」。但是陽光

總在風雨後，一切都會過去的，猶如大浪後的平靜。

當你獲得了一點成就，不要老是沉浸在成功的喜悅當中，古人云：「不以物喜，不以己悲。」就算今天有件事情讓你很開心，也只是你人生中的一個階段，不是你人生追求的終極目標。人是貪婪的，永遠不會知足，擁有得再多也不會滿足，這是我們的特點。所以，我們還需要繼續努力，不能停滯在這裡，因為人類的潛力無限，我們永遠不會知道自己的極限，只有不斷地給自己攀登的機會，才能離世界的頂端更近，時間會證明一切！

那麼你難過的時候呢？有些豁達的人，會勇敢地從悲傷中走出來，不陷入無止盡的淚水，積極地面對現實，並尋找解決方法。而悲觀的人往往對自己的人生感到絕望，被追債、破產、被同學或同事們排擠等，最後導致輕則得憂鬱症，重則選擇自殺。

我最討厭的三個字就是「亡」、「死」、「殺」，每次看到它們，心裡就很不是滋味，或許是因為跟它們的含義有關吧。我個人認為「自殺」不是對自己的解脫，只是以一種極傻的方式來結束掉自己的生命，留給親朋好友無盡的痛苦。為什麼不敢接受事實呢？它並不可怕，只是你想得太多，太複雜，一件事就足以讓你害怕到這樣的程度嗎？要知道，一切都會隨著時間過去的，誰生下來不受一點苦呢？大家都一樣，只要相信：這世界上一定會有比我的命運更悲慘的人！你可以把它當做你的精神支柱，找回勇氣，堅強地活下去。你好不容易才來到這個世界上，父母給你的生命，它有更重要的價值。這世間的人情溫暖終究會來到你身邊，給自己一個活下去的機會，積極地去探索新生活吧。自殺只會使你感受到死亡前的恐懼，那是你給自己的壓力。

　　這世界上，沒有什麼事情是無解的。只是我們還探索得不夠，試了這個方法，發現行不通，那就再換一個嘛！一件事的解決方法有很多種，從來就不是一成不變的，而是靠人類的想像力，你能想到哪裡，就可以做到哪裡。我們不能放棄嘗試任何一種可能性，或許你拋棄的解決方法正好是適合用在這個事情上的呢？所以，「放棄」這兩個字，從不該在我們的人生字典裡出現。老天給我們的挑戰是要接受的，讓自己累積更多的經驗，而不是選擇逃避。所以，我們應該多多把握機會來磨練自己，最後在社會上立足。輕易斷送自己的生命等於斷送了機會。不管你在過程中有多麼痛苦，這就是你的命運，如果硬要扭轉老天的用意來逃避現實，最後苦的一定是自己。在你身邊的每一個人，都在經歷著重重的考驗。所以，不要感到孤單，這只是你人生必經的一個階段。

　　最後，我要鼓勵那些已經對這世界「絕望」的人，生活是需要自己來經營的，沒有什麼事情是可怕的，一切都會過去。只要你敞開心胸交朋友，發掘人生的希望，你就能看見曙光，美好的未來永遠等待著你，你想得到的公平，也只能靠自己去爭取！

關於「對」與「錯」的思考

　　有位美國老師曾經問過我這樣一個問題：如果讓你創造一種顏色，它會是怎樣的？這個問題表面上聽起來很簡單，但當我真正去思考時，卻發現，這是個非常奇妙的問題，我怎麼也想像不出來，想著想著，思路總是被現實存在的顏色給打斷：黑色、白色、粉色，藍色……我為此苦惱了好幾天，感覺總有個答案在等著我。

　　直到有一天，我遇到另一位老師，我把題目原封不動地問了她，本以為她會跟我一樣感到困惑，沒想到她竟不假思索地回答道：「我們所知道的顏色只是從植物、動物和自己身上看到的，是大自然的傑作，我們只是負責取名，人是沒有辦法做到自己能力以外的事情的。」聽完這位老師的解釋，我點頭表示贊同。或許，這就是我要的答案吧！

　　在我的內心，「想像」這個詞很籠統，真正具體一些的詞語應該是「聯想」。讀者朋友不妨想想看，是不是這樣。比如外星人，它的模樣只是我們根據有限的理解，再結合人類自己基本的輪廓，從而聯想出來的，所以人們才在電影裡創造出了頭重腳輕的外星人。

　　既然人們只能在老天賦予我們的能力範圍裡去探究，有些人可能會認為：這樣，就一點意思都沒有了！那我們活著，豈不

只是不斷地重複已經存在的生活？

　　《聖經》裡有句話：人活著是為了受苦。這句話有對，也有錯。

　　我們在這個世界上受盡考驗，面對死亡、離別，經歷被背叛後的痛苦，病痛的折磨……這些都會使人深陷於悲傷之中，唯一的出路只有「接受」，委屈與痛苦是需要花時間來舒緩的。

　　但是這句話為什麼有錯呢？人們歷經千辛萬苦，用心血打扮出這樣一顆富有魅力的地球，這個華麗的世界，我們有太多的風景還沒有欣賞到，還有許多未知有待於我們去探索，時間會證明這一切。

　　在這個世界上，我認為，除了已被證實的科學外，沒有一句話是絕對正確或者錯誤的。無論是《論語》、《三字經》，還是《聖經》，許多話都有著一定的瑕疵，值得我們去思考。

　　從小，老師就教導我們要做一個人見人愛的小孩，要有寬容心，對事事要格外容忍；但是一些強勢的人卻提出：我們要維護自己的權益，要是被人無緣無故地欺負，難道還要忍氣吞聲嗎？

　　我問過媽媽一個問題：「如果你沒惹人家，卻被一群惡棍吐口水欺負，你是要忍一忍，避免給自己帶來不必要的麻煩呢，還是為了自己的尊嚴，跟他們拼個你死我活？」

　　媽媽想了想，說：「我答不出來。」

　　事實上，這個問題的答案不只一個，關鍵是根據每個人不同的性格，從而做出不同的選擇。

　　再比如，「太空探索」一直以來都是充滿爭議性的話題。有些人認為它可以幫助我們探索外太空，發掘更多未知的事物，

並適時阻止外星人的襲擊與入侵；但有人認為，這樣的「旅程」沒有意義，存在很高的風險，讓國家花大把大把的錢，只為送你去地球外的某個地方採集土壤或者岩石標本，有什麼實在的意義呢？還不如拿這些錢來給公民謀福利，提高百姓的生活水平呢！

你看，大家的觀點與思想不一樣，導致文化與文化之間的差異，就是所謂的「文化衝突」吧。

外國人的思想比中國人的開放，出門穿的衣服常常是裸露的，我們可能感到視覺上有點別扭，但那是別國的文化呀！最近我才知道，這樣的文化是跟他們的宗教信仰有關的：衣服穿得越少，越裸露，代表他們越敬仰上帝。你沒見他們的聖像大都是裸體的嗎？人家以為，裸露才是純潔和單純的！但是中國人穿衣服的保守，卻是對自己的尊重，是維護尊嚴，保護父母給予我們的身體。

這兩種觀點，我們不能說哪個是對，哪個是錯。因為文化這個東西非常奇妙，它是在一種特殊的環境和宗教的薰陶下，通過時間的磨練逐漸形成的，沒有人可以給出一個完美的解釋。

「文化衝突」會導致兩個人之間起爭議，由於看事情的方法與角度不同，再聯繫自己國家的文化和思想，兩個人得出的結論，自然會產生分歧。

我們不需要為了某個話題，浪費太多的時間去跟別人爭論。到最後，你只是試圖整理出它的利與弊，然而，答案是很難找到的。像辯論賽中的正方和反方，在同一個議題中尋找各自的觀點，最後辯論來辯論去，總不能找到特定的答案，判斷輸贏也是很難的。

我們應該多寫寫批判性的文章。這樣，我們不僅可以訓練

自己的思辨能力，還能促使自己從不同的角度去看事情，讓視野更開闊。那麼，我們有什麼必要去死死糾纏「對」與「錯」呢？

簡單樸實的生活

來到繁華的都市，都市紙醉金迷，
便忘了「落後」鄉村的恬靜。
忙碌的白天，大街上行色匆匆，
人們吵吵嚷嚷，如同趕集一般，
讓人無法放慢原先的腳步。

夜漸漸黑了，天邊拉上金絲絨大幕；
透過窗玻璃，車水馬龍的大街小巷，
五彩繽紛的霓虹燈在神秘地閃耀，
如此華麗的城市，怎能不令人嚮往？

然而，仔細端詳著人們的面孔，
從他們的眼神裡發現了一些虛偽。
世俗的生活迫使他們裝扮成另一個人，
為的是贏得他人的讚許和賜予，
內心的悲傷使他們陷入痛苦的深淵。

眼前是一片幽靜的湖水，
大山聳立著，像一座屏風

悄悄地將你擁入懷抱中，
清新的空氣洗滌了你的心。

這就是純真的大自然吧！
沒有先進的科學設備，
沒有一幢幢高樓大廈，
更沒有煩心的鬧鐘。
在你身邊，一切的一切，
只是一片讓你安靜的湖水，
還有讓你忘懷得失的天空，
和跟你吐露真言的高山。

大自然沉默而善解人意，
它是忠實而耐心的傾聽者，
毫無怨言地吸納著歡笑與淚水，
山谷裡傳來一陣陣回聲……
即使從來不被人注意，
也始終不會停止對我們的愛。

當你終於對繁忙的都市生活感到厭倦，
回來吧！回歸「原始」，回歸自然，
這裡才是我們應該守護的地方。
生活，情感，其實很樸實，很簡單！

無情的時間

浪費青春，用盡心思，
一生都在追趕的——
時間，意義何在？

時間匆匆，
從來不等人的它，人們只能
永遠追隨著它的腳步。
它總在我們不經意間，
悄悄從身旁溜走，
回過神來，輕輕掠過的——
那一秒，早已成為歷史。

時間，你太無情，
面對生死離別，心中的苦痛，
迫使我們做出人生的抉擇。
這一秒的幸福，下一秒的沈默，
不得不臣服於它的自私與傲慢。

時間難得，從我們
張開雙眼的那一刻起，
它就開始了倒計時。
對於生命的限制，無可奈何，
那又該如何去把握？

時間萬能，無處不在的它，
彌漫在整個宇宙，
即使是無人知曉的黑暗角落，
它也絕不忽略，
永遠提醒著人們它的存在。

那些驕傲與興奮，
沉浸在快樂之中的我們，
冷靜，相信時間的到來，
會抹去心中的喜悅，
重重的打擊，讓我們
想起自己是誰，把我們
從得意自滿的世界拉回現實。

那些難過與委屈，
深陷於痛苦之中的我們，
別怕，相信時間的到來，
會捲起一層潔白的細紗，
輕輕撫在我們那顆受傷的心靈上。

把我們從黑暗的深淵中，
拽向高遠的天空。

人生沒有暫停，
只有不斷跟隨著時間的腳步，
帶著一顆好奇而又真誠的心
向前邁去，才能欣賞到最美的風景！

Friendship

Things that will be held forever,

or will never be lost or forgotten.

Thousands of things have happened but were weakened by time,

hundreds of relationships were at a risk to end up without words.

Companions of eternity, then friendship is the solution.

Staring at the stars in the night,

one sitting nearby,

Talking seriously, listening carefully,

Accompanying you when counting sparkles in the sky.

Chatty sound and laughter resounded the empty hearts.

Crying in the dark,

Feeling cold and desperate,

Things that happened really stressed me out.

While looking up, quiet and lonely,

No more curiosity or interest to explore unknowns anymore.

Suddenly, I felt something,

Raising up my head with full of courage,

Discovered a soul who was so closed to me and looking at him for a good while,

Blurred contour of his face and couldn't even know who he was and didn't even need to be aware of.

Unconsciously, my heart has already attached to him,

Fear has gone and feeling safe.

Didn't need to tell him what happened to me because he has already got to know.

Didn't tell him and kept silent, his tenderness in the tranquil dark warmed me up.

In the deep of night,

A firm shoulder was allowed to me to lean against.

Gentle words were sent to me to bring me courage.

Giving a hand to show me the way out.

My heart was caressed, and my tears have gone with a breeze.

Spending time with companions,

They will never abandon or leave you,

give you hope and courage in decent time.

Seeking for an eternity?

Is friendship worthy to trust?

【附】Friendship譯文

友誼

能被永遠留著的，
或永遠不會被遺忘，
千萬件事情在生活中發生，卻終究會被時間抹去，
千百個戀情也即將無聲無息地淡去。
永恆的陪伴，友誼將會是最好的答案。

凝視著夜晚的星星，
一個人在身旁挨坐著，
語重心長地聊著天，用心地傾聽著，
陪你數著夜晚的星星，
說話的嘈雜聲與歡笑充斥著我們空虛的心靈。

在夜晚裡哭泣，
感覺到一絲寒意與絕望，
這世間早已抹去了我對它的熱情，

抬起頭，安靜地，孤獨地，
再也沒有當初的好奇心去探索這個世界。

突然間，我感覺到了什麼，
勇敢地抬起頭，
發現有個人離我很近，
盯了他好一會兒，
模糊的輪廓讓我無法知道他是誰，
可那並不重要。
不知不覺地，我的心早已和他連到了一起，
害怕消失了，圍繞著我的，只是滿滿的安全感。
不需要跟他訴苦，因為他已知道。
安靜的夜，他的溫柔讓我感到溫暖。

深夜裡，
有一個堅定的肩膀讓我依靠，
溫柔的話語給了我勇氣，
幫我指出一條明路。
我的心被輕輕地撫摸著，眼淚也跟隨著微風飄去。

花時間互相陪伴，
他們永遠不會離你而去，
在適當的時候給你勇氣與希望。
永恆？
友誼是你在尋找的答案嗎？

【跋】愛的翅膀

　　黃詩倩長了一對愛的翅膀，現在，她扇動著兩隻愛的翅膀，飛到美國紐約上高中去了。此前，她在深圳東方英文書院國際部讀八年級，成績優異，被譽為「學霸」。

　　今年春天，詩倩的媽媽囑託我為孩子整理文稿時，我並沒當回事情。心想，不過是有錢人家，為孩子的前程準備一塊敲門磚罷。當然，既是接受了囑託，自當認真讀讀孩子的文章，不料這一讀，讓我讀出感情來了，小小年紀的黃詩倩，居然能寫出如此感人的文字來，太出乎我的意料了！

　　我花了兩三個月時間整理完詩倩的文稿，那天，不經意打開她媽媽的QQ空間，看見她媽媽在空間寫下這樣一句話：「誰能想到，這是一個不到14歲孩子所寫的！」詩倩媽媽這句話，寫在女兒的〈子欲養在親待時〉之前，她把女兒的文章打成一篇日誌，讓朋友們和她一起分享，於是，我把這篇文章放在了全書之首。假如我們把這篇文章放在另外的環境裡，你絕不會相信，它出自一個13歲少女之手。在文中，作者寫道，因為媽媽被診斷得

---

[*] 胡祖義，湖北省作家協會會員，湖北省枝江市作家協會副主席。

了腫瘤，自己陷進一場噩夢裡。她寫自己怎樣傷心欲絕，怎麼督促媽媽去做進一步檢查，她回顧媽媽對她的恩情，寫自己無論如何都不能接受媽媽患腫瘤的現實……那一字字，一句句，飽含著對媽媽深深的眷念。好在，老天是悲憫的，她媽媽的腫瘤是良性的，這讓小姑娘如釋重負！

如果你繼續讀下去，你會發現，詩倩不僅愛她的爸爸媽媽爺爺奶奶，愛她的親戚朋友老師同學，其實，她的愛是十分廣泛的。

詩倩出生在臺灣，她的老家在臺中彰化。你讀了詩倩關於彰化老家的描寫，一定能看出，詩倩對彰化的描寫充滿了詩情畫意。現在我閉著眼睛，腦海裡立刻出現一幅靜美的圖畫──那條環繞著他們家的小溪，一年四季流水淙淙，小溪是一位高明的音樂家，日日夜夜演奏著美妙的音樂；圍繞著村莊的樹林是那樣的安靜，幽幽的，蔥綠一片，走進樹林裡，從枝葉縫隙間漏進一縷縷陽光，陽光灑在你身上，是那樣的溫暖柔和……這樣的村莊，這樣的景致，我不相信，你去了，會捨得驟然離開。

很難想像，一個連自己的爸爸媽媽都不愛的人，怎麼會去愛眾生，一個連家鄉都不熱愛的人，怎麼會去愛那些在貧困和災難中掙扎的難民！詩倩的愛，確實是廣博的，她還用她五彩的筆描繪出對大自然的熱愛，她的筆下，無論是春天還是秋天，無論是山川還是河流，都被她塗抹上絢爛的色彩。看得出，詩倩並沒有堆砌辭藻，她對大自然的愛，就跟她彰化老家的小溪一樣，那樣的純淨而溫和，那樣的清新和樸實。

正因為如此，我不只一次對她的媽媽說：「你養了個優秀的孩子，這孩子，將來可以去當國際親善大使，可以到紅十字會

去任職，還可以到聯合國總部去任職。」諸位有所不知，這個才14歲的小姑娘，除了具有較高的中文和英文水平外，還基本掌握法語、日語，了解韓語，像這樣的孩子，假若再讀十年書，我很難預測她會達到怎樣的高度。我所能預見的是，憑藉著愛的翅膀，她一定飛得更高更遠，對社會，對人類，做出更大的貢獻——這就是我整理完黃詩倩的文稿後最想跟大家說的一句話。我不想對詩倩的旅遊散文說什麼，我也不想對她的心靈思考說什麼，朋友們讀了她的文章，自然會對她心生敬意，我想不厭其煩地絮叨的，就是小姑娘的這份愛心，她這份愛心，太熾熱，太溫情。你讀了這五十餘篇文章，你不可能不拍案稱奇，你不可能不像一位長者，對她生出一份親愛之情！

　　寫到這裡，我突然想起詩倩媽媽告訴我的一個細節。那年，十歲的詩倩從紐西蘭遊學回來，給家裡人買了許多禮物，包括司機和保姆，自己卻什麼也沒買。媽媽問，你怎麼沒給自己買點什麼呢？你們聽，這位小姑娘說了什麼。她說：我買了呀，我買了整個奧克蘭藍藍的天、藍藍的海——一個有著如此廣闊心懷的孩子，誰能預料到，她將來會對這個社會做出多大的貢獻呀。有時候我就想，誰家有這樣一個孩子，誰做夢都會笑醒的！

2014年10月15日　於湖北宜昌

釀文學182　PG1281

 荳蔻年華

作　　者	黃詩倩
責任編輯	辛秉學
圖文排版	連婕妘
封面設計	王嵩賀

出版策劃	釀出版
製作發行	秀威資訊科技股份有限公司
	114 台北市內湖區瑞光路76巷65號1樓
	電話：+886-2-2796-3638　傳真：+886-2-2796-1377
	服務信箱：service@showwe.com.tw
	http://www.showwe.com.tw
郵政劃撥	19563868　戶名：秀威資訊科技股份有限公司
展售門市	國家書店【松江門市】
	104 台北市中山區松江路209號1樓
	電話：+886-2-2518-0207　傳真：+886-2-2518-0778
網路訂購	秀威網路書店：http://www.bodbooks.com.tw
	國家網路書店：http://www.govbooks.com.tw
法律顧問	毛國樑　律師
總 經 銷	聯合發行股份有限公司
	231新北市新店區寶橋路235巷6弄6號4F
	電話：+886-2-2917-8022　傳真：+886-2-2915-6275

出版日期	2015年6月　BOD一版
定　　價	250元

國家圖書館出版品預行編目

荳蔻年華 / 黃詩倩著. -- 一版. -- 臺北市：釀出
版, 2015.06
　面；　公分. -- (釀文學；182)
BOD版
ISBN 978-986-445-001-5(平裝)

855　　　　　　　　　　　　104005898

讀者回函卡

感謝您購買本書，為提升服務品質，請填妥以下資料，將讀者回函卡直接寄
回或傳真本公司，收到您的寶貴意見後，我們會收藏記錄及檢討，謝謝！
如您需要了解本公司最新出版書目、購書優惠或企劃活動，歡迎您上網查詢
或下載相關資料：http:// www.showwe.com.tw

您購買的書名：＿＿＿＿＿＿＿＿＿＿＿＿＿＿＿＿＿＿＿＿＿＿

出生日期：＿＿＿＿＿年＿＿＿＿＿月＿＿＿＿＿日

學歷：□高中 (含) 以下　　□大專　　□研究所 (含) 以上

職業：□製造業　□金融業　□資訊業　□軍警　□傳播業　□自由業
　　　□服務業　□公務員　□教職　　□學生　□家管　　□其它＿＿＿

購書地點：□網路書店　□實體書店　□書展　□郵購　□贈閱　□其他

您從何得知本書的消息？

　□網路書店　□實體書店　□網路搜尋　□電子報　□書訊　□雜誌
　□傳播媒體　□親友推薦　□網站推薦　□部落格　□其他＿＿＿＿＿＿

您對本書的評價：(請填代號　1.非常滿意　2.滿意　3.尚可　4.再改進)
　封面設計＿＿　版面編排＿＿　內容＿＿　文／譯筆＿＿　價格＿＿

讀完書後您覺得：
　□很有收穫　□有收穫　□收穫不多　□沒收穫

對我們的建議：＿＿＿＿＿＿＿＿＿＿＿＿＿＿＿＿＿＿＿＿＿＿

＿＿＿＿＿＿＿＿＿＿＿＿＿＿＿＿＿＿＿＿＿＿＿＿＿＿＿＿＿＿

＿＿＿＿＿＿＿＿＿＿＿＿＿＿＿＿＿＿＿＿＿＿＿＿＿＿＿＿＿＿

＿＿＿＿＿＿＿＿＿＿＿＿＿＿＿＿＿＿＿＿＿＿＿＿＿＿＿＿＿＿

11466
台北市內湖區瑞光路 76 巷 65 號 1 樓

秀威資訊科技股份有限公司　　　收

BOD 數位出版事業部

姓　　名：＿＿＿＿＿＿＿＿＿＿　年齡：＿＿＿＿　性別：□女　□男

郵遞區號：□□□□□

地　　址：＿＿＿＿＿＿＿＿＿＿＿＿＿＿＿＿＿＿＿＿＿＿＿＿

聯絡電話：(日) ＿＿＿＿＿＿＿＿＿＿＿(夜) ＿＿＿＿＿＿＿＿＿＿＿

E - m a i l：＿＿＿＿＿＿＿＿＿＿＿＿＿＿＿＿＿＿＿＿＿＿＿